青少年成长智慧丛书

独立

DULI

主编◎曾高潮　绘画◎万方绘画工作室

天地出版社

图书在版编目（CIP）数据

独立／曾高潮主编. —成都：天地出版社，2012.1（2014.5重印）

ISBN 978-7-5455-0536-8
（青少年成长智慧丛书）
Ⅰ．①独… Ⅱ．①曾… Ⅲ．①儿童故事—作品集—世
界 Ⅳ．①I18

中国版本图书馆CIP数据核字（2011）第218389号

独 立
DULI
主编 曾高潮

天 地 无 极 ☯ 世 界 有 我

出 品 人 罗文琦

策　　划 吴　鸿
责任编辑 费明权　刘俊枫
封面设计 墨创文化
制　　作 最近文化
责任印制 田东洋

出版发行 天地出版社
（成都市三洞桥路12号　邮政编码：610031）
网　　址 http://www.tiandiph.com
http://www.天地出版社.com
电子邮箱 tiandicbs@vip.163.com

印　　刷 四川新华印刷有限责任公司
版　　次 2012年1月第一版
印　　次 2014年5月第五次印刷
成品尺寸 165mm×238mm　1/16
印　　张 8
字　　数 100千
定　　价 22.00元
书　　号 ISBN 978-7-5455-0536-8

DU LI

读者档案

签名 _____
星座 _____
血型 _____
生肖 _____
个性 _____
我的一家 _____
自我评价 _____
_____
_____

前言

　　"新松恨不高千尺"。古往今来，人们对"成长"总是充满激情，满怀期待。所谓"十年树木，百年树人"，人才的培养和造就，关乎民族与国家的未来，实乃一项需要学校、家庭和全社会通力合作的伟大系统工程。

　　进入 21 世纪，在全国范围内全面实施素质教育，是党和政府对我国教育事业发展高度重视、倾力投入所采取的重大战略举措，体现了当今教育改革与现代社会发展协调适应的必然大趋势。

　　与应试教育围绕考试指挥棒转，"师授生受"，囿于知识灌输迥异，素质教育以人为本，尊重个性，面向全体，将全面提高人的基本素质作为教育的终极目的。其崭新教育理念、多元学习实践手段和评价检验方式，如尊重人的主体精神、重视潜能开发、强调文化的传承与创

新、注重环境熏陶、着眼于"润物细无声"的人文思想化育与品德养成等，无疑为新时代少年儿童的健康成长，拓展出一片前所未有的、无比广阔的自由驰骋新天地。

据此，我们特地推出《青少年成长智慧丛书》。

丛书用十个关键词（诚信、自信、创新、道德、协作、细节、独立、责任、节俭、执著）分别概括当代少年儿童应该具备的十种素质，一词一书。每本书精选五十多篇小故事，每个故事后设计有"换位思考"与"成长感悟"小栏目，用以充分调动孩子们思考问题的积极性，给孩子们以无限启迪。书中故事娓娓道来，插图生动有趣，可让孩子们在快乐的阅读中收获知识。

愿我们精心选编的故事如和煦春风、淅沥春雨，催生出已然萌动于孩子们心中的美丽新芽……

第三辑：高难度乐谱

小鹰在该展翅飞翔的时候，鹰妈妈会把它从高岩上推下去，逼迫它飞向蓝天。而我们，也总要有独立生活的一天，从现在起，我们就要培养自己独立生活的能力。试试看，不依赖家长，我们可以做多少事情。

GO

小蜗牛的硬壳

一只小蜗牛在青菜叶子上慢慢地爬行。它感觉背上的壳又硬又重，严重影响了爬行速度，因此它非常讨厌这个既丑陋又笨重的壳，真想把壳从身上掀下来。但小蜗牛试了几次，都没能摆脱硬壳的束缚。

小蜗牛向妈妈抱怨："妈妈，为什么我们一生下来，就要背负这个又硬又重的壳呢？"

妈妈爱怜地看着孩子，亲切地说："因为我们的身体没有骨骼的支撑，只能爬，又爬不快，所以就需要这个壳的保护！"

小蜗牛歪着头想了想，说："可是，毛毛虫妹妹没有骨头，也爬不快，为什么它却不用背这个又硬又重的壳呢？"

妈妈摇摇头上的触须，解释说："那是因为毛毛虫妹妹能变成蝴蝶，可以飞上天空躲避敌人啊！"

小蜗牛觉得更奇怪了，它惊讶地叫起来："妈妈，妈妈，你

看蚯蚓弟弟也没骨头,它也爬不快,也不能像毛毛虫妹妹那样变成蝴蝶,可它为什么也不用背这个又硬又重的壳呢?"

妈妈笑了笑,乐呵呵地说:"那是因为蚯蚓弟弟会钻土,大地会保护它啊!"

小蜗牛听了,难过地哭了起来:"我们好可怜,既没有天空的保护,也没有大地的保护。"

妈妈安慰它道:"但是我们有壳啊!宝贝儿,快别哭!我们不靠天,也不靠地,我们呀,就靠自己。"

换位思考:

　　小蜗牛不像毛毛虫,有天空的保护;也不像蚯蚓,有大地的保护。它一度为此而伤心,其实它背上的壳就是保护伞。你是不是也时常想寻求别人的保护呢?

成长感悟:

　　一味地想依靠别人,是不行的。依靠得了一时,也依靠不了一世,一切都只能靠自己,也只有自己才是最靠得住的。

狮子的困扰

有一天，素有"森林之王"之称的狮子，来到了天神面前："我很感谢您赐给我雄壮威武的体格和强大无比的力气，让我有足够的能力统治整片森林。"

天神听了，微笑着问："但这不是你今天来找我的目的吧？看起来你似乎正被某事困扰着呢！"

狮子轻轻吼了一声，说："天神真是了解我啊！我今天来的确是有事相求。因为尽管我的能力很强，但是每天清晨，我总是会被鸡鸣声给吓醒。神啊！求求您，再赐给我力量，让我不再被鸡鸣声给吓醒吧！"

天神笑道："你去找大象吧，它会给你一个满意的答复的。"

狮子兴冲冲地跑到湖边找大象，还没见到大象，就听到"砰砰"的

声音。

狮子快速地跑向大象，却看到大象正气呼呼地在跺脚。

狮子问大象："你干吗发这么大的脾气？"

大象拼命摇晃着大耳朵，吼道："有只讨厌的小蚊子，总想钻进我的耳朵里，害得我都快痒死了。"

狮子离开了大象，心里暗自想着："原来体型这么巨大的大象，居然会怕瘦小的蚊子，那我还有什么好抱怨的呢？毕竟鸡鸣也不过一天一次，而蚊子却是无时无刻不在骚扰着大象。这样想来，我可比它幸运多了。"

狮子一边走，一边回头看着仍在跺脚的大象，心想："天神要我来找大象，应该就是想告诉我，谁都会遇上麻烦事，它也无法帮助所有人。既然如此，那我只好靠自己了！以后只要鸡鸣时，我就当做鸡是在提醒我该起床了，如此一来，鸡鸣声对我还是有益处的呢。"

换位思考：

我们在遇到困难的时候，往往先想到去别人那里寻求帮助，缺乏一定的独立性。你是否也有故事中狮子那样的烦恼呢？你是将希望寄托于别人，还是试着独立去思考解决问题的方法呢？

成长感悟：

人生的道路很漫长，不可能一帆风顺。在我们遇到困难的时候，更多的应该是学会独立思考，而不是事事求助于别人。

自己就是一只雄鹰

有一个人在高山之巅发现了一个鹰巢，老鹰妈妈出去捕食了，里面只有一只嗷嗷待哺的幼鹰。于是他把幼鹰带回家，养在了自家的鸡笼里。

这只幼鹰和小鸡们一起啄食，一起嬉闹，累了还一块儿休息。它以为自己也和它们一样，是一只小鸡。

日子一天天过去，这只鹰在鸡群中渐渐长大，羽翼丰满了。主人希望能把它训练成猎鹰。可是由于它终日和小鸡们混在一起，习性已经变得和鸡完全一样，根本没有飞的愿望了。

主人试了各种办法想让它变回为一只雄鹰，但是都毫无效果，他非常失望。最后他把鹰带到山顶上，一下将它从高高的山巅扔了出

去。鹰害怕极了，只见它像块石头似的，直往下掉，鹰心想：这下完了，可我不能就这样被活活摔死呀！

慌乱之中，求生的欲望令鹰拼命地扑打着从未使用过的翅膀。鹰宽大的翅膀犹如张开的伞，使它下落的速度减缓了。它继续笨拙地扇动着翅膀。奇迹出现了，随着一声高亢的长鸣，鹰宽大的翅膀终于载着它乘风而起！

就这样，鹰终于飞了起来！

换位思考：

近朱者赤，近墨者黑，环境对人的影响是巨大的。因此多和优秀的人交朋友，自己从朋友们身上学习到的好的东西就会越多。试想想，鹰如果一直生活在鸡群里，最终的结果会怎样呢？

成长感悟：

如果把自己的命运系在别人手中，这样的人生还有何意义呢？只有那些在进退维谷的境遇中不屈不挠与命运作抗争的人，才是真正的英雄。

最后的考题

医学院里，一帮临床医学专业的大学生马上就要毕业，开始独立工作了。今天教授给他们上最后一堂课。

教授深情地望着自己的学生，伤感地说："五年时光，一晃就过去了。这五年，你们都很刻苦，相信你们已经掌握了丰富的医学知识，能独当一面。但今天，我想告诉你们，要当好一名医生，除了专业知识，还应该具备什么。"

说完，教授转身在黑板上写下四个大字——"胆大心细"。

教授又转回身，问自己的学生："你们都能做到吗？"

"能！"学生们齐声答道。

"好吧，现在让我考考你们。"

教授从讲桌下拿起一个杯子，里面盛满了淡黄色的液体，教授笑着对学生说："这是尿液。"

学生们都很吃惊，教授

想用尿液做什么呢？接下来，教授的举动更让学生们无比惊讶。只见教授把一根手指伸进杯子里，接着再把手指放进自己的嘴中吮吸。教授随后将那个杯子递给下面的学生，让每个学生照着他的样子来做。

学生们忍着恶心，像教授一样把手指伸进尿液中，然后再放进嘴里。

教授看着学生们的狼狈样，笑着说："哈哈，不错，不错，你们每个人都够胆大的。"接着，教授又神色凝重地说："只可惜你们看得不够仔细，没有注意到我伸进尿液中的是食指，放进嘴里的却是中指啊！"

学生们恍然大悟。这一堂课，让他们终生难忘。

换位思考：

教授的举动真的很有迷惑性，一般人都会被他的假动作所欺骗。想想，在生活中你有没有因粗心而被自己的眼睛欺骗过呢？

成长感悟：

一个人出门在外，常常会遇到这样那样的骗局。我们既不能人云亦云、没有主见，也不能畏畏缩缩、固步自封，而应该学会胆大心细。

帝王蛾的痛苦经历

在蛾的世界里,有一种蛾名叫"帝王蛾"。

帝王蛾的幼虫时期是在一个洞口极其狭小的茧中度过的。当它的生命要发生质的飞跃时,这个狭小的通道对它来讲无疑是道鬼门关,它娇嫩的身躯必须用尽全力才可以破茧而出。许多幼虫都是在向外冲杀的时候不幸力竭身亡的。

一天,有个人凑巧看到树上有一只茧在动,发现有蛾要从里面破茧而出,于是他饶有兴致地想要见识一下由蛹变蛾的过程。

随着时间一点点地过去,他变得不耐烦了。只见蛾在茧里奋力挣扎,将茧扭来扭去的,却迟迟不能挣脱茧的束缚,似乎是再也不可能破茧而出了。

他产生了悲悯之心，企图将那幼虫的生命通道变得宽阔一些，于是他拿来剪刀，把茧洞剪开一点，这样一来，茧中的幼虫不必费很大的力气，便可以从那个牢笼里钻出来。但是，因得到救助而见到天日的蛾都不是真正的"帝王蛾"——因为它无论如何也飞不起来，只能拖着丧失了飞翔功能的双翅在地上笨拙地爬行！原来，那个"鬼门关"般的狭小茧洞恰恰是帮助帝王蛾幼虫两翼成长的关键所在：它穿越的时候，通过用力挤压，血液才能顺利送到蛾翼中去，而唯有两翼充血，帝王蛾才能振翅飞翔。人为地将茧洞剪大，蛾的翼翅就失去充血的机会，钻出来的帝王蛾恒永远与飞翔无缘了。

他等着蛾飞起来，但那只蛾却只是跌跌撞撞地爬着，怎么也飞不起来，又过了一会儿，它就死了。

换位思考：

自然界的万物都有其自身的规律，不遵循规律，想当然地做事，结果只会是徒劳。那只飞不起来的飞蛾就说明了这个道理。

成长感悟：

许多时候，过分依靠别人的帮助对自我的发展未必有利。自己强大起来，才能冲破重重阻力。任何投机取巧的做法都是见识短浅的行为。

狮子和羚羊的家教

在一望无际的非洲大草原上，住着很多动物，有狮子一家，有羚羊一家，有大象一家，还有斑马一家。

每天，当太阳冉冉升起的时候，羚羊妈妈第一个睁开了眼睛。草原上的动物们也陆陆续续起床了。动物妈妈们都要带着自己的孩子练习奔跑，教孩子们生存的本领。

不远处，小狮子们撒开腿不停向前奔跑，狮子妈妈在后面追赶着，它毫不留情地追打落后的孩子。这时候，有一个狮子宝宝掉队了，它实在是太累了，正吃力地喘着粗气。狮子妈妈上前严厉地对它吼叫着，狮子宝宝撒娇地蹭蹭

妈妈，希望妈妈能对它网开一面，可狮子妈妈还是无情地追赶着它，不让它停下来。

狮子妈妈不断地给孩子们加油，并教育落后的小狮子："孩子，你必须跑得快一点，再快一点。你要是跑不过最慢的羚羊，你就会因为没有食物而被活活地饿死。"

在另外一个场地上，羚羊妈妈也带着自己的孩子们在晨练。对掉队的孩子，羚羊妈妈毫不留情，甚至会用头上尖锐的角去顶那些掉队的孩子。羚羊宝宝们一边跑着，一边纳闷，一向慈祥的妈妈这是怎么了？难道它不爱我们了吗？羚羊宝宝们在心里埋怨着妈妈："妈妈，我已经用尽最大的力气了，你不要逼我了。"

羚羊妈妈一边跑，一边给孩子们加油，只听羚羊妈妈教育着掉队的小羚羊："孩子，你必须跑得快一点，再快一点！如果你不能比跑得最快的狮子还要快，那你就肯定会被它们吃掉。"

换位思考：

如果狮子宝宝跑慢了，它就会因为没有食物而被饿死；如果羚羊宝宝跑慢了，它就会被吃掉。在生活中，如果你慢了半拍，会有什么样的后果呢？

成长感悟：

这个世界是一个充满竞争的世界，如果你慢了一步，就会被淘汰，甚至被别人"吃掉"。

没有鱼鳔的鱼

　　有一个年轻人，因为家贫没有读多少书。一天，他去了城里，想找一份工作，可是他发现因为没有文凭，城里没一个人看得起他。就在他决定要离开那座城市时，忽然想给当时很有名的银行家罗斯写一封信，他在信里先是抱怨了命运对他是如何的不公，最后写道："如果您能借一点钱给我，我会先去上学，然后再找一份好工作。"

　　信寄出去了，他便一直在旅馆里等回音。几天过去了，他花完了身上的最后一分钱，只得将行李打好了包。就在这时，旅馆老板说有他一封信，是银行家罗斯寄来的。可是，罗斯并没有对他的遭遇表示同情，

而是在信里给他讲了一个故事。

罗斯在信中写道：在浩瀚的海洋里生活着很多鱼，唯独鲨鱼没有鱼鳔。没有鱼鳔的鲨鱼照理来说是不可能活下去的，因为它行动极为不便，很容易沉入水底。在海洋中，只要一停下来就有可能丧生。为了生存，鲨鱼只能不停地运动，很多年后，鲨鱼拥有了强健的体魄，成了很凶猛的动物。最后，罗斯说："你就是一条没有鱼鳔的鱼……"

那晚，年轻人躺在床上久久不能入睡，一直在想着罗斯的话。突然，他改变了决定。第二天，他跟旅馆的老板说，只要给一碗饭吃，他可以留下来当服务员，一分钱工资都不要。旅馆老板不相信世上有这么廉价的劳动力，很高兴地留下了他。经过艰苦的奋斗，10年后，他拥有了令全美国人羡慕的财富，并且娶了银行家罗斯的女儿。这位年轻人就是石油大王哈特。

换位思考：

别人有的你都可以暂时没有，但是有一点你一定要有——那就是一颗追求成功的心。

成长感悟：

每个人都是可以自立的，然而真能充分发展自己独立能力的人却很少。依赖他人，追随他人，自然要比自己动脑筋轻松得多。但是若事事有人替我们想，替我们做，我们将无法成长。

23

小长颈鹿站起来

长颈鹿妈妈到分娩的时候了。一只长颈鹿来到世上是一个非常艰难的过程。长颈鹿宝宝出生后，长颈鹿妈妈温柔地舔着它的小眼睛。大约一分钟后，长颈鹿妈妈做出了一件令人不可思议的事情——它抬起长长的腿，踢向了刚出生的长颈鹿宝宝，让长颈鹿宝宝翻了一个跟斗后，四肢摊开。

如果小长颈鹿宝宝不能站起身来，这个粗暴的动作就会被长颈鹿妈妈不断地重复。小长颈鹿为了站起来，拼命努力。因为太疲倦，小长颈鹿有时候会停下来歇一歇。但只要长颈鹿妈妈看到了，就会再次踢向自己的孩子，迫使它继续努力。

最后，小长颈鹿终于第一次用它颤抖的双腿站了起来。

这时，长颈鹿妈妈又做出了更不可思议的举动——它再次把小长颈鹿踢倒。

这是为什么呢？长颈鹿妈妈为何对自己的孩子这么残忍？原来，狮子、土狼等野兽都喜欢猎食小长颈鹿，如果长颈鹿妈妈不教会它的孩子尽快地站起来，跟上大部队，那么它就会成为这些食肉动物口中的美餐！

换位思考：

才刚刚出生的长颈鹿宝宝该是多么娇嫩，多么脆弱呀！或许你会想，此时它应该躺在妈妈温暖的怀抱里。不幸的是，它一生下来就会被自己的妈妈踢。长颈鹿妈妈是不是很无情呢？它是一个称职的妈妈吗？

成长感悟：

在生活中遭受挫折和打击是难免的。如果一个人被击倒后，能努力站起来，那么任何挫折和磨难都不能摧毁他。

看家狗和狼

一个月光明朗的夜晚,饥饿的瘦狼遇到了养得肥肥的看家狗。狼很羡慕狗,想和它交朋友。

"你看上去怎么这么壮实?"狼说,"你肯定比我吃得好多了。"

"唉,如果你要吃我吃的东西,就得干我干的活。"狗说。

"什么活?"狼问。

"就是尽职尽责地给主人看家、防贼什么的。"

"我可以试试吗?"

狗一见狼愿意跟自己一样为主人效力,就领着狼匆匆向主人的宅第跑去。

它们在一起跑的时候,狼看到狗脖子上有一圈明显的伤疤。

"你脖子上的伤是怎么搞的?"

"是平时铁链子套在脖子上勒的。"狗答道。

"铁链子?"狼吃惊了,"难道你平时不能自由自在地随意走动?"

"完全不能随我的意。"狗说,"主人怕我白天乱跑,因此把我拴起来。不过到了晚上,我还有一定的自由。重要的是我可以吃到主人吃不了的食物。主人非常宠幸我……怎么啦,你怎么不走啦,你要到哪儿去?"狗见狼打算离开,急切地喊着。

"我要回到树林里去,"狼回头说,"你吃你的美食去吧,我宁可吃得糟糕点,也不愿意让钳子拴住脖子,失去宝贵的自由。"狼说完一溜烟地跑了。

换位思考:

狼要想吃到美食,享受狗的待遇,就得失去自由。但为了自由,它情愿选择自食其力。你终有一天也会离开父母的庇护,你做好独立生活的准备了吗?

成长感悟:

寄人篱下也许能衣食无忧,但自由和发展却会受到限制。只有自强自立的人,才能在自由的天空翱翔。

伯尔的新书

一大早，书店门口就站着一个瘦小的男孩，他的名字叫海因里希·伯尔。

小伯尔是这个书店的常客，他每天放学后要做的头件事情便是去书店，但他去书店从不买书，而只是看。时间一久，书店的店员都认识了他。因为知道小伯尔家里穷，所以大家从来都不阻止他来看书，并且一有新书，还会介绍给他。

书店的门开了，小伯尔迫不及待地跑了进去，并十分礼貌地向书店里的店员问了好。在接下来的时间里一直到离开，他都捧着《格林童话》在翻看。当他看到《白雪公主》里七个小矮人有趣的谈话时，不禁轻声笑了起来，他想：要是我也能像

七个小矮人那样,靠自己的双手来养活自己该多好啊!

很快,时间到了中午,小伯尔不得不放下手中的《格林童话》,起身离开书店,去帮父亲给教堂送雕像。他将雕像送去教堂,然后又将收到的钱拿回去交给父亲。每天早晨,他的父亲会拿出一点钱给小伯尔,让他去买面包吃。可是,每次小伯尔都买最小的面包,这样能省下一部分钱,然后把省下来的钱存进一个小铁罐里。他打算等存够了钱,便去书店里买那本《格林童话》。然而,在星期一的时候,老师却突然宣布,下周每人要准备一本书,互相交换着看,以此来增加大家的阅读量。这下,小伯尔着急了:该怎么办呢? 于是,他决定每天多存一点钱,将父亲拿给他买面包的钱全部存了起来。

没多久,小伯尔就存够钱了。当他买到一本崭新的《格林童话》时,心里别提有多高兴了。

海因里希·伯尔长大后成为了一名大作家,还获得过诺贝尔文学奖。

换位思考:

小伯尔想要一本《格林童话》,但他并没有伸手向父亲要钱,而是用节省下来的零花钱买的。如果是你,你会怎么做呢?

成长感悟:

伸手向别人求助或许并不难,难的是靠自己的努力获得想要的东西。这个过程能让你更懂得珍惜,并终身不忘。我们应该学会独立,学会靠自己。

蚌和珍珠

珍子是日本人,她家世代采珠,她有一颗珍珠,是母亲在她离开日本赴美求学时给她的。

在她离家前,母亲郑重地把她叫到一旁,给了她这颗珍珠,告诉她说:"当工人把沙子放进蚌的壳内时,蚌觉得非常不舒服,但是又无力把沙子吐出去,所以蚌面临两个选择:一是抱怨,让自己的日子很不好过;另一个是想办法把这粒沙子同化,使它跟自己和平共处。于是蚌开始把它的营养分一部分去把沙子包起来。当沙子裹上蚌提供的外衣时,蚌就觉得它成为了自己的一部分,不再是异物了,就能心平气和地和沙子相处了。"

母亲又启发她:"蚌并没有大脑,它是无脊椎动物,在演化的层次上很低。连一个没有大脑的低等动物都知道想办法去适应自己无法改变的环境,把一个令自己不愉快的异己,转变为自己可以接受的东西,那么以人的智

能一定能比蚌做得更好！"

　　珍子把母亲对她临行时的教导铭记在心。到美国后，在生活和学习中虽然遇到很多困难，但她最终都克服了。因为她懂得，面对困难，战胜困难的过程，正是不断向成功靠近的过程。

换位思考：

　　当环境改变的时候，我们会感到不安，会感到不舒服。有的人选择逃避和退缩，而有的人选择勇敢面对改变，努力地去适应新环境。

成长感悟：

　　接受改变，享受改变！

胡萝卜、鸡蛋和咖啡

一个女孩向父亲抱怨她的生活,抱怨事事都那么艰难,她不知该如何应付生活,想要自暴自弃了。她已厌倦奋斗,总觉得一个问题刚解决,新的问题就又出现了。

女孩的父亲是位厨师,他把女孩带进厨房。他先分别往三只锅里倒入一些水,然后把它们放在旺火上。不久锅里的水烧开了。他往第一只锅里放入胡萝卜,第二只锅里放入鸡蛋,最后一只锅里放入碾成粉状的咖啡豆。他将它们浸入开水中煮,一句话也没说。

女孩咂咂嘴,不耐烦地等待着,她不明白父亲在做什么。大约20分钟后,他把火熄了,把胡萝卜捞出来放入一个碗内,把鸡蛋捞出来放入另一个碗内,然后又把咖啡倒入一个杯子里。做完这些后,他才转过身问女儿:"亲爱的,你看见什么了?"

"胡萝卜、鸡蛋、咖

啡。"她回答。

他让她靠近些，并让她用手摸摸胡萝卜。她摸了摸，发现胡萝卜变软了。

父亲又让女儿拿起一只鸡蛋并打破它。将壳剥掉后，她看到了一只煮熟的鸡蛋。

最后，父亲让她尝尝咖啡。品尝到香浓的咖啡，女儿笑了。

她怯声问道："爸爸，这意味着什么呢？"

父亲解释说，这三样东西面临同样的逆境——煮沸的开水，但其反应各不相同。

胡萝卜下锅之前是强壮的，结实的，毫不示弱，但进入开水后，它变软了，变弱了。

鸡蛋原来是易碎的，薄薄的外壳保护着它呈液体的内脏，但是经开水一煮，它的内脏变硬了。

而粉状的咖啡豆则很独特，进入开水后，它们改变了水。

换位思考：

不但要在困难中改造自己，而且要在困难中改造环境，让它成为自己前进的动力。态度决定一切，而采取什么样的态度，却是由我们自己决定的。

成长感悟：

人生必须渡过逆流才能走向更高的层次，最重要的是要永远相信自己。

33

井底的驴子

一天，农夫打算到集市上买东西，因为要买的东西有很多，于是他便打算牵上驴子一起去，等回来的时候，东西也好让它驮着。可是，他万万没有想到，路才走了一半，驴子却掉进了一口枯井里。

这该怎么办呢？农夫想啊想，他想了各种办法，但是依旧无法将驴子从枯井里救出来。驴子呢？它在井里声嘶力竭地呼喊，希望主人能尽快将自己救上去。

时间一分一秒地过去了，农夫想破了脑袋也没能想出办法，最后，他只好选择放弃。"这头驴子年纪大了，也没什么用处了……不过我还是应该回去找人来填满这口井，免得日后再有人畜路过时掉下去。"农夫打定

主意后，便回去请来邻居，准备将井里的驴子埋了，让它少些痛苦。

大家一人一把铲子，将泥土一点一点地铲进井里。驴子见大家要将自己埋了，便放声哀号起来。可是，不一会儿，它又安静了下来。农夫和他的邻居们觉得十分奇怪，就凑上前去看，没想到，眼前的一幕令他们惊呆了！

当泥土落进井里的时候，驴子便将它们抖落在一边，堆成小土堆，然后踩在土堆上。农夫他们铲进井里的泥土越多，土堆便越高，驴子离地面也就越近了。就这样，不一会儿，驴子便升到了井口。它看见农夫和他的邻居们一脸吃惊的表情，得意地迈开步子跑开了。

换位思考：

如果你是农夫，会用什么样的办法把井底的驴子弄上来呢？

成长感悟：

在生命的旅程中，有时候我们难免也会陷入"枯井"里，各式各样的"泥沙"会倾倒在我们身上，而想要从"枯井"脱困的秘诀就是：靠自己，将"泥沙"抖落掉，然后站到上面去！

流泪的红舞鞋

在很远的地方,有一双非常漂亮、非常吸引人的红色舞鞋。如果女孩子把它穿在脚上跳起舞来,就会感到自己的舞姿更加轻盈。因此,姑娘们见了这双红舞鞋,眼睛就会发亮,每个姑娘都幻想着有一天能穿上这双红舞鞋翩翩起舞。

可是姑娘们都只是想想而已,没有谁真敢把它穿在脚上去跳舞。因为这双红舞鞋是一双具有魔力的鞋,一旦穿上它跳舞,就会永无休止地跳下去,直到耗尽舞者的全部精力为止。

有一个擅舞的、年轻可爱的姑娘实在抵挡不住这双红舞鞋的魅力,她不听家人的劝告,悄悄地穿上红舞鞋跳起舞来。果然,姑娘的舞姿更加轻盈,更加富有激情,她感到有舞之不尽的热情与活力。

姑娘穿着红舞鞋跳呀跳呀,跳过街头巷尾,跳过田野乡村,她跳得容光焕发,真是人见人爱,人见人美。姑娘自己感到了极大的满足,她不知疲倦地舞了又舞。夜幕在不知不觉中降临了,观看姑娘

跳舞的人陆续回家休息了。姑娘也开始感到了倦意，她想停止跳舞，可是，她无法停下脚步，因为红舞鞋还要跳下去。狂风暴雨袭来，姑娘想停下来去躲风避雨，可是脚上的红舞鞋仍然在快速地带着她旋转，姑娘只得勉强在风雨中跳下去。姑娘跳到了陌生的森林，她害怕极了，想回温暖的家，可是红舞鞋还在不知疲倦地带着她往前跳，姑娘只得在黑暗中边哭边继续跳下去。

最后，当太阳升起来的时候，人们发现姑娘安静地躺在一片青青的草地上，她的双脚又红又肿。姑娘累死了，她的旁边散落着那双永远不知疲倦的红舞鞋。

换位思考：

带有魔力的红舞鞋，不仅漂亮，穿上它更是活力四射，受人喜爱，谁都想穿上它试一试。如果你是故事中的那位姑娘，见到红舞鞋，你会怎么做？远离它，还是穿上它？

成长感悟：

每个人都有属于自己的梦想，每个人的独立和成长都伴随着各种各样的诱惑。我们需要勇敢一试，但并不是想干什么就能干什么，还需要看清那些掩藏着的陷阱与旋涡。

1. 小蜗牛从小就背负着那讨厌的硬壳,在你眼中它真的很不幸吗?

2. 每个人面前都有一道坎,狮子也一样。你面前的那道坎你能逾越吗?

3. 鲨鱼为什么能长得那么强大呢?

4. 长颈鹿妈妈和羚羊妈妈很残忍吗?

5. 狼为什么要放弃饭来张口的生活呢?

6. 绝望的驴子是靠什么自救的呢?

7. 小姑娘穿上了漂亮的红舞鞋,为什么还要流泪呢?

第二辑：为自己的人生买单

　　"啃老"族，这个新名词悄然兴起，风靡全国。你是"啃老"族中的一员吗？实际上在国外，无论是林肯这样的伟人，还是从"家里滚出来的孩子"，他们在很小的时候就明白一个道理——自己才是救世主！想一想，我们自己的人生依托到底在哪里呢？

➡ GO

人生的依托

在众多的富豪中,香港"水饺皇后"臧健和女士的故事最让人为之动容。

多年以前,臧健和带着两个年幼的女儿流落到香港,举目无亲,又不懂粤语,处境非常艰难。她用身上仅有的几百元钱租了一间只有4平方米、没有家具的陋室,母女三人便开始了艰辛的生活。为了生存,臧健和清晨5点多就得起床,一天打三份工,往往回到家已是凌晨1点多,每天只能睡四五个小时。

可是屋漏偏逢连夜雨,臧健和在一次工作中不慎撞伤腰骨,被老板解雇了。百般无奈下,一位朋友说,你的水饺做得那么好吃,不如自己摆摊卖水饺呢! 于是,她凭着在家乡练就的手艺,熟练地包起了家乡的水饺,推着小木车和小火炉,到香港湾仔码头摆起了水饺摊。

第一天卖水饺,臧健和便得到了九个年轻人的交口称赞,他们连声说"好吃,好吃",

臧健和激动得流下了热泪，决心让自己的水饺卖得更好。就这样，在极其艰难的情况下，在异乡无依无靠的臧健和凭借包饺子的手艺，开辟了自己人生的一片新天地！

为使自己的手艺日趋精湛，臧健和苦练"内功"，不断提高质量。她多方征询顾客的意见，精心研究顾客的口味，然后不断尝试，推陈出新。

多年来，臧健和一直坚持馅料由自己亲自调配，严把质量关。后来为了能让"湾仔码头水饺"与国际饮食文化接轨，臧健和还常到美国、日本、韩国等地学习先进技术，对产品进行改良。

经过多年的不懈努力，现在臧健和的"湾仔码头水饺"已成为香港的一个著名品牌。近年，她还与美国一家公司合作拓展国际市场，并计划再投资增建工厂，把"湾仔码头水饺"出口到日本、新加坡、韩国、美国、加拿大等国，让"湾仔码头水饺"香飘全球！

换位思考：

臧健和以自己包饺子的手艺，缔造了"水饺王国"，当初流落香港的弱女子如今成为了杰出的女企业家！想一想，你有什么专长？你会怎样利用自己的专长呢？

成长感悟：

在感到艰辛时，自强的信念能点燃我们生命的灯盏。

真正的实力

一个农场里养了24只马鹿，其中有两只马鹿最惹人注目，一只身材高大，体力雄健，是群鹿的首领；另一只则发育较差，体型瘦小，经常遭到同伴的欺负。

由于受到攻击，弱小的马鹿吃食都得不到保障。农场主想了一个办法，从狩猎俱乐部弄来一副极其威猛漂亮的大鹿角安到了弱小的马鹿头上，使它在外观上成为鹿群中的"最雄壮者"。然而，让农场主失望的是，那只马鹿并没有因为头上的大角而威风凛凛起来。由于群鹿知道它的底细，并没有给它应有的尊重，仍然欺负它。

那只强壮的鹿群首领，依然不断地带头攻击个别弱小的马鹿。为了让弱小者吃上食，农场主将那只首领的角全部锯去，这样它就失去了进

攻的实力。果然不出所料，群鹿看到首领头上的角发生了变化，都起来造反，一时间，首领的威风荡然无存。

第二年夏天，被锯去角的马鹿头上又长出了新角，尽管有些可怜兮兮，但足以成为它进攻的武器。凭借着这副角，体力雄健的它在打斗中日占上风，击败了一个又一个对手，没多久又爬上了首领的位置。而挂着假鹿角的那匹马鹿依然食不果腹，它摆脱不了其他马鹿的攻击，只得躲在鹿群外面生活，漂亮的大角成了一个"摆设"。

换位思考：

生活中，有些人也戴着看似令人生畏的"大角"，但其实并不可怕。想一想，那只戴假角的马鹿，它要怎样才能摆脱被人欺负的处境呢？

成长感悟：

由于自身的瘦弱，就算是借助"威风凛凛"的假角，同样也改变不了它被欺负的命运。相反，由于自身的强健，即使是暂时去掉了令人生畏的真角，但用不了多久，仍然会强大起来。因此，唯有独立自强，不依赖外力，才能更好地保护自己。

真实的高度

一天，大仲马得知他的儿子小仲马寄出的稿子总是碰壁，便对小仲马说："如果你能在寄稿时随稿给编辑先生附上一封短信，或者只是一句话，说'我是大仲马的儿子'，或许情况就会好多了。"

小仲马固执地说："不，我不想坐在你的肩头上摘苹果，那样摘来的苹果没有味道。"年轻的小仲马不但拒绝以父亲的盛名做自己事业的敲门砖，而且不露声色地给自己取了十几个其他姓氏的笔名，以避免那些编辑先生们把他和大名鼎鼎的父亲联系起来。

面对那一张张冷酷无情的退稿单，小仲马没有沮丧，仍然坚持创作自己的作品。他的长篇小说《茶花女》寄出后，终于以其绝妙的构思和精彩的文笔震撼了一位资深编辑。这位知名编辑曾和大仲马有着多年的书信来往。他看到寄稿人的地址同大作家大仲马的丝毫不差，

怀疑作者其实就是大仲马。但作品的风格又和大仲马的迥然不同。带着种种兴奋和疑问，他迫不及待地乘车造访大仲马。

令他大吃一惊的是，《茶花女》这部伟大作品的作者竟是大仲马名不见经传的儿子小仲马。"你为何不在稿子上署上你的真实姓名呢？"老编辑疑惑地问小仲马。小仲马说："我只想拥有真实的高度。"老编辑对小仲马的做法赞叹不已。

《茶花女》出版后，法国文坛书评家一致认为这部作品的价值大大超越了大仲马的代表作《基督山伯爵》。一时，小仲马声名鹊起。

换位思考：

本可以借助父亲的阶梯一步爬上去的，可是小仲马却非要"绕弯路"成就自己的人生。小仲马是不是很傻呀？

成长感悟：

父母的成就和社会地位并不等于自己的荣誉。要成才，必须用自己的双手铺平前进的路；要获得荣誉，也必须靠自己的勤奋劳动去争取。

林肯给兄弟的信

这封信是后来成为美国第16任总统的亚伯拉罕·林肯写给他的同父异母的兄弟詹斯顿的。原由是詹斯顿来信向林肯借钱，这封信就是林肯的回答。

亲爱的詹斯顿：

我现在不能答应你要80元钱的要求。每次我给你钱后不多久你又没钱用了。你之所以这样，都是你自己造成的。你不懒，但你现在却游手好闲。我怀疑自从上次见到你后，你是不是好好地劳动过一整天。你并不完全讨厌劳动，但你不肯多做，一味地依赖别人。

这种无所事事、浪费时间的习惯对你是有害的，你必须改掉这个习惯。我的建议是，你应该去劳动，全力以

赴地去劳动从而赚取报酬。

我答应从今天起到明年5月,你用自己的劳动每挣1元钱或抵消1元钱债务,我再另外给你1元。

这样,如果你每月做工挣10元,就可以从我这儿再得到10元,那么你做工一月就能净挣到20元了。你得明白,我并不是要你到圣·路易斯或是加利福尼亚的铅矿、金矿去,我是要你就在家乡卡斯镇附近做你能找到的有最优厚待遇的工作。

如果你愿意这样做,不久你就会还清债务,而且你会养成一个不再负债的好习惯。反之,如果我现在帮你还清了债,你明年照旧会背上一大笔债。如果你接受我的忠告,你会发现,它对你比10个80元还有价值。

你的哥哥:林肯
1848年12月24日

换位思考:

　　对于他的兄弟,林肯可以说是费尽了心思。比起长期给兄弟钱,林肯的帮助是无价的。如果你要帮助别人,你会采取什么样的方式呢?

成长感悟:

　　一个人在社会上立足应该自强,不能过分依赖别人。靠别人的帮助维持生活总是暂时的,一定要靠自己的努力闯出一条路来。

从家里滚出来的孩子

著名的激发心灵潜力培训师安东尼·罗宾斯,开始时也曾跟理查德·班德勒研读NLP（NLP是神经语言程式学的英文缩写,是研究人的语言与神经关系方面的学问）,然后从中发展出具有他个人风格的课程。如今他已成为世界上最杰出的激发心灵潜力的训练师之一。

年少时,安东尼·罗宾斯的家境并不富裕。那时候,他个子长得很快,可家里却没有什么钱可以及时为他买新衣裤,所以他经常穿"七分裤",在学校里难免会遭到同学们的嘲笑。而且很难想象的是,因为他妈妈先后改嫁过三次,他有四个爸爸。你可以想象,他很难享受到家庭的温馨与欢乐。

有一天,安东尼·罗宾斯实在忍不住了就问妈妈:"为什么我要穿'七分裤'?为什么我要有四个爸爸?为什么我的生活不能像其他孩子一样?"妈妈回答他说:"如果你不满意这个家的

成功学沉井

话，那么你就从这个家滚出去吧！"

结果安东尼·罗宾斯真的从家里"滚"出来了，那一年他才17岁，高中还未毕业。一开始，他摆过地摊，当过餐厅服务员，跑过推销……最后在一家银行洗厕所。那时候他全部的家当就是一辆价值900美元的二手旧车——"金龟车"。他只能睡在"金龟车"里面，当然他也交不起"昂贵"的停车费，所以每天晚上他必须把车停到一家便利店门口，因为这家商店门口是24小时免费停车，没有人在意这个连停车费都交不起的小伙子。然而现在，世界各国都有慕名而来参加他的培训的人。

换位思考：

　　罗宾斯真听妈妈的话，从家里"滚"出来了。但小小年纪的他却并不气馁、沮丧，而是从此开始了独立生活。尽管很苦，但他却努力着。

成长感悟：

　　平凡者可以凭借考验抓住机会，最先觉醒，最先得到锤炼，最先成熟，然后运用智慧的能力，使自己变得伟大。

小狮子王学写作

老狮子王非常重视对儿子的教育,在儿子学会写字后,就送它去狮子老师家学习写作文。

老师让小狮子王描写自己的父亲。小狮子王写道:"我的爸爸长着一个大大的脑袋,脑袋上有两只炯炯有神的大眼睛,眼睛下面是一个湿乎乎的鼻子,鼻子下面是一张能吼叫的大嘴。它有四条腿,一条尾巴。"

老师看了看,说:"第一次写成这样也不错,可是……你再写写你的母亲吧。"

小狮子王写道:"我的妈妈长着一颗大大的脑袋,脑袋上有一对炯炯有神的大眼睛，眼睛下面是一个湿乎乎的……"

老师摇了摇头，指着另一只小狮子，问："它是什么样子？"

小狮子王不假思索，张口就说："它长着一颗大脑袋，脑袋上有一对炯炯有神……"

那只小狮子早就笑得倒在了地上，"你太可笑了，把每个人都写得一样。哈哈哈！"

小狮子王听了气得一下就扑到那只小狮子身上，大吼："你敢嘲笑本王子！难道我写错了吗？"两只小狮子你一下我一下互相抓挠起来。老师叹了口气，摇头晃脑地说："现在现场直播小狮子打架。其中一只长着一颗大脑袋，脑袋上有一双炯炯有神的……另一只也是长着一颗大脑袋，脑袋上……"

小狮子王停止打闹，问老师："老师请讲清楚一点，哪只小狮子是我呀？"

老师反问："难道我描述得不对吗？你不就是这样写的吗？"

小狮子王一下子明白了，说："哦，老师，我知道应该怎么写人物了。"

换位思考：

　　我们身边的每一样事物都是不同的，就算是双胞胎，两个人也会有差别。你是否留心去观察过，找出他们的不同呢？

成长感悟：

　　不同的外貌，不同的性格，不同的能力，不同的学历……这些构成了我们一个一个独立的人。只有细心观察，处处留心，我们才能正确认识自己，才能找到自己合适的位置。

自己拿主意

美国著名女演员索尼亚·斯米茨童年的时候在加拿大渥太华郊外的一个农场里生活。

那时候她在农场附近一所小学里读书。有一天她回家后很委屈地哭了。父亲问她为什么哭泣，她断断续续地说道："我们班里一个女生说我长得很丑，还说我跑步的姿势难看。"父亲听完她的哭诉后，没有安慰她，只是微笑地看着她。忽然父亲说："我够得着咱们家的天花板。"当时正在哭泣的索尼亚听到父亲的话觉得很惊奇，她不知道父亲想要表达什么意思，就反问了一句："你说什么？"

父亲又重复了一遍："我够得着咱们家的天花板。"

索尼亚完全停止了哭泣，她仰

着头看了看将近4米高的天花板,心想:父亲能够得着吗? 尽管她当时还小,但她仍然不相信父亲的话。父亲看她一脸的不相信,就得意地对她说:"你不信吧? 那么你也别相信那个女孩子的话,因为有些人说的并不是事实。"

索尼亚于是明白了,不能太在意别人说什么,要学会自己拿主意。

在她二十四五岁的时候,她已经是一个颇有名气的年轻演员了。一次,她准备去参加一个集会,但她的经纪人告诉她,因为天气不好,可能只有很少的人参加这次集会。经纪人的意思是索尼亚刚出名,应该用更多的时间去参加一些大型的活动以增加自己的名气。可索尼亚坚持要参加那个集会,因为她承诺过要去参加。结果,那次在雨中的集会,因为有了索尼亚的参加而获得了空前的成功。她的名气和人气骤升。

换位思考:

父亲说他能够着天花板,其实就是从反面来说明索尼亚应该独立思考,并相信自己。在学校受委屈后,你不妨也别去相信打击你的话。

成长感悟:

凡事要自己拿主意,并不是一意孤行,孤芳自赏,而是忠于自己、相信自己。要对自己的承诺负责,要敢于承认自己的缺点,更要敢于迎接挑战。

为自己的人生买单

有这样一个人。

当他16岁的时候，他仍懵懵懂懂地在学校混日子，打架、斗殴、抽烟、逃学。

他从没觉得这有什么不好。他喜欢上了班上一个女同学，不料她竟然把他写的情书贴到了学校的宣传栏里。虽然他的检讨书在宣传栏里贴过不下20次，但这次，他却感到一种刺心的痛。

第二年，他就转学了，他像变了个人似的，拼命学习，考上了湖南大学。

22岁，他大学毕业，顺利地进了政府机关。每天一杯茶、一张报纸，在机关混日子，他觉得过得还不错。一次他到乡下去探亲，亲友竟然把一头狼像狗一样养在家里看家护院。久而久之，这头狼竟连长相都有些像狗，狼性更是荡然无存了。他看看那狼，想想自己现在的处境，顿时有所感悟。

没多久，他就在别人的惋惜声中辞职去了深圳。他专到那些有名的外贸公司求职，他总能想方设法直接往外方经理那儿送自荐信，外方经理个个莫名其妙："我们现在没有招聘需要啊！"他微笑着告诉对方："总有一天你们会有招聘需要的，那么我就是第一个应聘的人。"

24岁那一年，他真被其中一家公司录用了。

27岁，他因成绩突出，被调到地处丹佛的美国总部工作。上班第一天，他按中国人的习惯请新同事共进午餐。就在他准备买单的时候，同事们却坚持自己买自己的单，他当时觉得很是尴尬，但同时也明白了些什么，于是更加努力地工作。

他就是王其善，现在已升任全球第四大电脑公司的技术总监。

换位思考：

王其善经历过许多人生坎坷，但是他却坚持怀着一颗独立自强的心不断进取。想一想，你在遇到挫折的时候是怎样改变困境的呢？是靠自己，还是靠父母、朋友的帮助？

成长感悟：

要想获得成功，你就得自己努力，根本不能指望别人，这就叫独立。

一个苹果

一座千年古寺矗立在大山的半山腰。这天，一场大雨过后，古寺的老住持将众徒弟召集起来，给他们下了一道奇怪的命令：每人到不远处的南山去打一担柴回来。

众徒弟窃窃私语："柴房里的柴还够用，为啥非得这天气去打柴？""去打柴可以，干吗非得这么多人一起去？""师父是不是眼花了，咱们这座山就有的是柴可打啊！"一时间众说纷纭，大家对去南山打柴一事都有些不以为然。

老住持看出了大家的疑惑，只说了一句："那天我出去化缘，觉得南山漫山遍野的柴火放着可惜。你们一起去，把那些柴火全搬回来，够咱们烧个一年半载的了。"

和尚们于是向着南山出发了。

南山的脚下有一条小河，平时河水清澈见底，要过河涉水便可。和尚们像往常一样来到河边，不料大雨引起山洪暴发，洪水从高耸的南山倾泻而下，往常不过及膝的河水，此刻已经有半人高了，而且水位还在继续往上涨。

和尚们见状，心想师父聪明一世，

怎么就没料到山洪会阻挡他们上山的脚步呢？事到如今，只有回去据实以告，相信师父不会怪罪的。于是，众和尚背着空背篓，有说有笑地开始往回赶。谁也没有注意到，他们当中年龄最小的一个和尚，顺手将一旁苹果树上唯一的苹果摘下来，小心地放进了背篓。

老住持在门口站着。当他看到徒弟们一个个背着空背篓经过他的身旁时，他的眼神里堆积了越来越多的失望。直到最后，他的眼睛饶有兴味地停留在小和尚背篓里的那个苹果上面。

"柴没打到，有苹果也算是一种收获啊！"小和尚这样说道。

老住持拿着苹果的手因为激动而颤抖着，他说："孩子，看来继承我的衣钵的人非你莫属啦！"

原来，老住持自知不久将圆寂，为寻找合适的传人，他精心策划了这次"雨后打柴"的活动。他想，一个人如能在不利的环境中寻找到有价值的东西，这个人便值得信赖和依靠。所以小和尚成了唯一的胜者。

换位思考：

一个小小的苹果，让小和尚从一群和尚中脱颖而出，成为了胜利者。其实，困难险阻不可怕，就看你以什么样的心态来对待。

成长感悟：

小和尚看似不起眼的举动，却反映了他豁达的心胸和恬淡的处事原则。只有这样的人，才能继承老和尚的衣钵。小和尚正是靠自己的修行赢得了老和尚的肯定。相比那些一无所获的人，小和尚更值得信赖。

恩格斯放弃遗产

　　1860年3月，当时在英国的恩格斯收到一封家书，得知母亲身患重病，生命垂危，于是，恩格斯立刻放下手中的工作，匆匆忙忙地赶回自己的家乡德国巴门看望母亲。

　　令人意想不到的是，在母亲的病榻前，恩格斯的两个兄弟却为遗产的分割问题激烈地争论起来。原来，恩格斯的家境殷实，父亲曾是一个纺织厂厂主，生前与欧门家族的几个弟兄合伙经营"欧门—恩格斯"公司，积累下了丰厚的家产。一个多月前，老人家没有来得及留下遗嘱，就与世长辞了。而今，母亲也一病不起，两个兄弟沉不住气，便开始争夺起家产来了。

　　由于恩格斯长年在外，很少过问家中的生意，两个兄弟便提出要恩格斯主动放弃对于父亲在德国的企业的继承权。这种要

求显然是不合理的。但恩格斯想到，如果他不答应兄弟们的要求，那么随之产生的兄弟纷争必定会使家庭失去原有的和谐……绝对不能让病榻上的母亲再承受精神上的煎熬啊！

于是，恩格斯稍作考虑后，放弃了自己的继承权。在亲情与财产面前，他果断地选择了前者。而随后发生的奇迹更是让他惊喜万分——原本奄奄一息的母亲竟然战胜了病魔，很快痊愈了！

母亲心里对恩格斯为了她放弃继承权一事始终难以平静，这个平时离她最远的儿子，却为她想得最多。在一次寄给儿子的信中，她提到了当年病危时的那场遗产之争，感叹于儿子为她作出的牺牲。恩格斯在回信中这样说道："我还会有很多别的企业，但是我永远不会有另一个母亲。"

换位思考：

病榻上是奄奄一息的母亲，身后是骨肉弟兄为了争夺家产的争吵，如果你是恩格斯，在亲情与财产面前你会做出什么样的选择呢？

成长感悟：

恩格斯虽远离母亲，长期在外独自闯荡，但对母亲的感情却最深。正如他所想的，放弃眼前的一份遗产不算什么，重要的是家庭的和谐与亲情。亲情往往是在外打拼的孩子前进的动力和精神的支柱。

谢谢你的好心

这是记者在四川汶川地震灾区捕捉到的一个小小的细节。

地震虽然已经过去了9天,但持续不断的余震及由此带来的山体滑坡仍然时刻威胁着灾区人民的生命安全。灾区群众被集中安置在一些相对较安全的场所,那里有专门为他们搭建的临时帐篷以及各地捐献的救灾物资。

在通往重灾区的道路上,记者遇到了一个68岁的老人,他随身带着一些干粮和简单的日用品,准备只身回到自己在地震中已经被夷为平地的"家"。

记者担忧地劝他:"大叔,您不要回去了,很危险的。"

"我回家看看,顺便把刚收的油菜籽带点出来。"老人家简单地回答。

"可是现在那里很危险,余震不断,山上还不时掉下来石头。"记者竭力劝阻老人。

"我会尽快出来的。家里有腊肉,还有一些粮食。拿一点是一点,自己多拿一点,政府就可以少出一点。"

记者的眼眶有些湿润

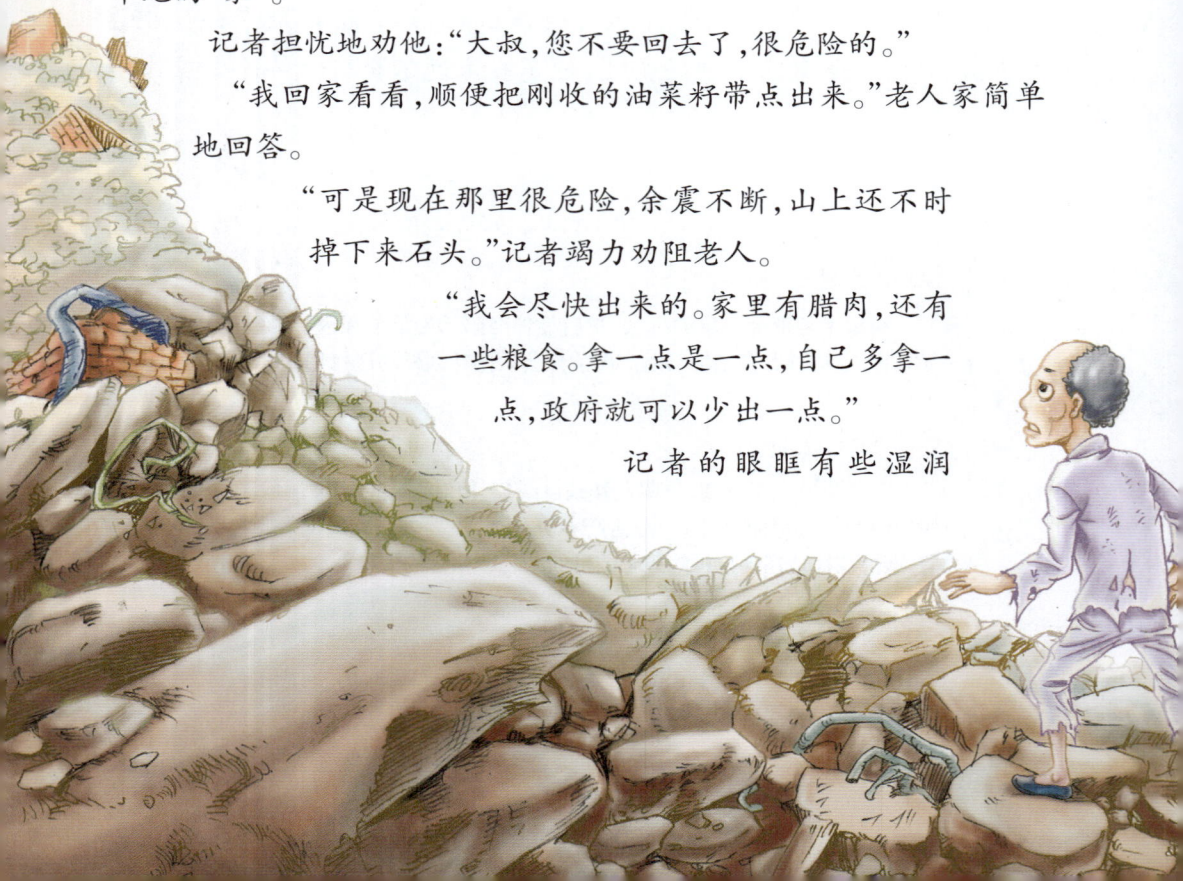

了，在灾区，她看多了死亡、伤痛、悲惨，听多了人们痛彻心扉的哭泣，几天下来，她已经快撑不住了，总想着一个人找个地方痛哭一场。老人的几句话勾起了她的眼泪，但她心头的乌云却在刹那间消失了，只剩下平静和温暖。

看实在劝不住老人，记者只好叮嘱老人注意安全，快去快回。

没想到，刚走出几步的老人回过头来说道："谢谢你的好心！"然后又快步向前走去。

这段新闻在电视上播出之后，无数的观众感动得流下了热泪。当全国上下心系灾区，纷纷为灾民伸出援助之手时，老人家却惦记着怎样为政府减轻负担，让大家少为他们操心。这种感恩的情怀，这种博大的胸襟，怎能不让人感动？

从老人身上，每一个观众都和记者一样，获得了一种战胜灾难的坚定信念、一种重建新生活的巨大热情和一种举重若轻的生活态度。

换位思考：

在灾难面前，我们能不能也像这位老人那样，有一颗感恩的心，并用独立自强的精神来回报众人呢？

成长感悟：

老人在灾难面前的从容和镇定让我们为之振奋、鼓舞，他言行中表现出来的自主自立和感恩情结让我们为之感叹、动容。我们人生中的每一步，虽然凝聚着我们自己的心血，但更离不开来自四周的关爱。铭记这些关爱，并且用感恩的心给予回报，我们往后的脚步会迈得更加稳健。

有主见的李嘉诚

性格沉稳的李嘉诚，实际上是个不安分的人。

1946年上半年，香港经济迅速恢复到战前最好年景——1939年同期的水平。战时遭破坏的工厂、商行都已恢复生产营业，香港人口激增到一百多万，经济日益繁荣。入夜之后，港岛九龙的霓虹灯五颜六色，满载货物的巨轮昼夜不停地出入维多利亚港。

那时的李嘉诚在舅舅庄静庵的中南钟表公司工作。中南钟表公司的业务在当时有长足的发展，东南亚的销售网络重新建立起来，营业额呈几何级数递增，李嘉诚的舅舅筹划再办一间钟表装配工厂，扩展为自产钟表。

李嘉诚看好中南公司的发展前景，他为香港的经济巨变而兴奋不已。李嘉诚站在维多利亚港湾边，眺望尖沙咀五彩缤纷的灯光，陷入沉思——今后的路该怎样走？

一条路是在舅舅的荫庇下发展。中南公司已成为香港钟表业的巨擘，在那里工作将收入稳定，生活安逸。另一条路是自己创业。后者要

艰辛得多，充满风险。

　　然而李嘉诚选择了后者，他喜欢做充满挑战的事。待在舅舅的羽翼下，容易束缚自己。他想要趁现在年轻，多学一些谋生的本领，拓宽视野，增长见识，为今后做大事业打好基础。

　　17岁的李嘉诚，已学会独立思考。他心意已定，却不知如何向舅舅开口。舅舅待他不薄，是李家的恩人。

　　庄静庵与李嘉诚诚恳地谈了一次，设身处地地站在李嘉诚的角度看问题。当年庄静庵也是由一个打工仔变成老板的。

　　长谈后，舅舅了解了李嘉诚的想法，所以他选择支持李嘉诚的决定！

换位思考：

　　本可以在舅舅身边安安稳稳地工作、生活，李嘉诚为什么还要出去闯荡呢？

成长感悟：

　　如果选择稳定的生活，那么你面对的也将是平淡如水的人生。如果你向人生挑战，那么你的人生也将变得精彩。

一个半聋的人

齐奥尔科夫斯基，是苏联著名的火箭专家。他能有这样的成就，完全是他自己努力的结果。

在齐奥尔科夫斯基10岁的时候，他患上了猩红热，高烧一直持续不退。几天下来，他几乎失去了听觉，成了一个半聋的人。那些在他身边的孩子们，总是因此而嘲笑他，学校也成了他可望而不可即的地方，他没办法像正常的孩子那样，去学习。这些痛苦，他只能选择默校里读书、学默地承受。

齐奥尔科夫斯基的父亲是一个守林员，他整天都要在森林里巡逻，根本没有时间照顾他。因此，照顾孩子的重任，便落在了妈妈的身上，妈妈每天教他读书写字。经过一段时间的学习，他进步不小。可是，就在他重新树立起信心的时候，厄运再次降临到了他的身上，他的母

亲因病去世了。

这个巨大的打击,使他痛苦万分。他不明白,为什么他的生活这么艰难呢? 不幸的事情,总是如影随形地跟着他。以后的日子,他该怎么办才好? 这时,他的父亲走了过来,一边摸着他的头,一边说:"孩子,要坚强! 你要靠自己的努力走下去。"是的,齐奥尔科夫斯基想:学校不收我,别人嘲笑我、欺负我,要想获得知识,我只能靠自己的努力!

就这样,小齐奥尔科夫斯基从此更加努力地自学了。从小学到大学,他自学了物理、化学、微积分、解析几何等课程。在没有任何人的帮助下,一个耳聋的人,始终抱着一种独立自强的态度,最终成为一位了不起的火箭专家。

换位思考:

齐奥尔科夫斯基从小就遭受了许多不幸,但是他依旧坚持自学完了大学的课程。说说你遭到过什么打击,你又是怎么做的呢?

成长感悟:

生活总是伴随着很多的艰辛与磨难,只有当我们学会独立生活、自力更生的时候,我们才有勇气战胜生活中遇到的那些不幸和挫折。

1. "水饺王国"是怎么建成的?

2. 马鹿漂亮的大角为什么成了摆设呢?

3. 有大仲马这么好的"台阶",小仲马怎么还要自己一步步攀登呢?

4. 安东尼·罗宾斯为什么不在妈妈身边做"拖油瓶"呢?

5. 索尼亚已经有名气了,为什么还那么在意一次小小的集会?

6. 李嘉诚完全可以在舅舅的荫庇下发展,可他为什么却选择离开呢?

比尔·盖茨退休时宣布，把自己580亿美元的全部家产回馈给社会，而不是留给他的孩子们。或许中国的有些家长不能理解。因为他们还不懂得，真正爱孩子的家长是不会让孩子在自己的庇护下碌碌无为的。让孩子学会独立，才是家长们最应该做的！

GO

乞丐找工作

齐国有个乞丐,靠在城里乞讨度日,生活十分困窘。

一个好心的专门给马治病的兽医经常给他饭吃,可是兽医的生活也很清苦,对他的帮助毕竟有限。兽医想:自己不能总这样救济他呀,长久下去也不是办法。

不久,这里新建了个驿站。那时候的交通工具主要是马。过往的行人多了,马儿长期在外奔波,难免会生病,兽医的活儿也就多起来了,天天忙得不可开交,连饭都顾不上吃。乞丐看到这种情况,就想:兽医老是白白给我饭吃,如果我去帮帮他,不仅解决了他人手不够的问题,自己的一日三餐也有着落了,真是好主意呢。于是这个乞丐便主动找上门去,请求在马厩里给兽医打打杂工。兽医正求之不得呢,乐呵呵地答应了他。

可是,有人却取笑他说:"兽医本来就是一个被人瞧不起的职业,而你不过是为了混口饭

吃，就去给兽医打杂当下手，这不是你莫大的耻辱吗？"

这个昔日的乞丐平静地回答："依我看，天下最大的耻辱莫过于当寄生虫，靠乞讨度日。过去，我为了活命，连讨饭都不感到羞耻；如今我帮兽医干活，通过自己的劳动来养活自己，同时还能学到东西，这又怎么能说是耻辱呢？"

从此以后，乞丐就在马厩里勤勤恳恳地工作，通过自己的辛勤劳动来养活自己，日子过得非常快乐！

换位思考：

不少成功人士就是从擦皮鞋、做清洁工等看起来很不起眼的工作做起，一步步走向成功的。你会瞧不起这些工作吗？

成长感悟：

劳动不分高低贵贱。乞丐也许是大家心中最瞧不起眼的人，但他愿自食其力，用自己的双手创造未来，任何人都不能嘲笑他。

爱较真的李时珍

李时珍从小就爱读书，一天，他读了南北朝的陶弘景的文章，写的是穿山甲如何吃蚂蚁的事。

陶弘景说穿山甲水陆两栖，白天爬上岩来，张开鳞甲，装出死了的样子，引诱蚂蚁进入甲内，再闭上鳞甲，潜入水中，然后张开甲让蚂蚁浮出，再吞食。

这篇文章引起了李时珍的兴趣，为了验证陶弘景的说法是否正确，李时珍亲自上山去观察。在樵夫、猎人的帮助下，李时珍捉到了一只穿山甲。李时珍在穿山甲的胃里发现了许多蚂蚁，证实穿山甲要吃蚂蚁，这点陶弘景说对了。

可是，穿山甲真如陶弘景所说的，是利用鳞甲捕

捉蚂蚁吗？

为了进一步验证，李时珍在山上的一棵大树上搭了个草棚。每天，李时珍都躲在草棚里，凝神观察树下的动静。

一天，李时珍在树上的草棚里，穿山甲突然出现了，他很兴奋，聚精会神地往树下看。

树下，有一只穿山甲正用前爪抓刨一个土堆。不一会儿，土堆被刨开了，成千上万只蚂蚁吓得四处乱窜。只见穿山甲伸出又细又长的舌头，轻轻一舔，舌头上便沾满了密密麻麻的蚂蚁。穿山甲舌头一缩，立刻将蚂蚁全吞进肚里。接着，它又一次伸出舌头。

"我知道了！我知道了！"李时珍大声喊起来，"穿山甲吃蚂蚁的时候，是扒开蚂蚁的巢穴，进行舔食，而不是引诱蚂蚁入甲，下水吞食。"

李时珍肯定了陶弘景对的一面，纠正了其错误之处。李时珍的实事求是也让他在35岁时就完成了著名的《本草纲目》。

换位思考：

　　如果没有李时珍的较真，恐怕就没有著名的药典《本草纲目》。你也对书本上的知识，或者别人的见解和言论产生过怀疑吗？如果有，你是怎样去求证的呢？

成长感悟：

　　书本上的知识以及名人的观点和结论未必全是正确的，正是因为有了李时珍等科学家的独立思考，不迷信、不偏信，并实事求是、身体力行地展开调查、研究，才有了科学的不断进步。

张仲景治感冒

　　东汉时期有个叫张仲景的人,他从小苦读医书,勤钻医术,开诊之后还免费给穷人治病,是个人人称赞的好医生。

　　一天,两个被雨淋的人一起来找张仲景看病。他们都说自己的症状是头痛、发烧、咳嗽、鼻子不通气。很明显,这两个人都得了感冒。听完两人的诉说,又根据过去的经验,张仲景想,既然两人都是感冒,病情也应差不多,于是给他们每人开了一帖麻黄汤,药量全一样。

　　第一个病人吃了药出了一身汗,第二天已经好了一大半。张仲景嘱咐他再吃一帖药,再发点汗就会全好。第二个病人吃了药也出了一身大汗,但是,病情反而比前一天加重了。

　　张仲景很奇怪,难道是因为自己的疏忽,给两人用药的剂量不一样?于是他回忆起两个

医 圣

人在脉象上的差别：第一个病人的脉搏跳得不快不慢，轻轻一按就摸到脉搏，手腕上还有不少汗水；第二个病人的脉象则有些不同，脉搏跳得较快，且坚强有力。

张仲景忽然明白，虽然两个人的病因相同，症状类似，但所患疾病可能并不相同。因此，采用同样的方法治疗是错误的。

于是，他立刻给那个病人换了一种药，病人吃了药以后，很快就康复了。

经过进一步实践，张仲景发现，即便同是感冒，在症状和脉象上还是有差别的。通过钻研，他把感冒细分成六类八型。

此后，医生治感冒，只要根据病人的症状和脉象，判断属于哪一种类型，再对症下药，就很容易把病治好。张仲景后来被人尊称为"医圣"。

换位思考：

张仲景从小苦学医术，勤读医书，可仍然会犯错。但他并没有照搬医书，而是通过实践，认真分析病理，最终才掌握了感冒的各种症状和规律。试想，在学习中遇到了困难，你也会自己动脑筋想出解决的办法吗？

成长感悟：

对不同的病理，自然应该采用不同的药方和治疗方法。同样，我们遇到看似相同的问题，如果采用完全相同的解决方法，不仅解决不了问题，往往还会适得其反。

先把自己的皮鞋擦亮

认识她是在三年前，她在我们单位大门前的绿化带旁擦皮鞋。据说她原来是一个企业的政工干部，因为没有专业技术，下岗后为了生活不得不放下脸面加入了擦皮鞋的队伍。开头几天她的生意清淡，可没多久就红火起来。我亲眼看到有的顾客在她的摊位前站着耐心地等待。

我常在她的摊位上擦鞋，心中暗自断言这女人会擦出不一般的生活。果然，仅仅3年，她就当起了老板，在我们这个不到20万人口的小城东、南、西、北四区开了四家擦皮鞋的连锁店(擦鞋、修鞋、卖有关产品)，还招聘了20多名工作人员。

当时，我是怎么看出这个女人不一般的呢？别的擦鞋人脚上穿的常常是邋遢的鞋子，而任何时候，她脚上穿的皮鞋总是擦得油光锃亮，尽管她的皮鞋一看就知道不是名牌，但却给我舒适、清爽的好感。她为你擦皮

鞋时,还会顺便告诉你怎样擦才擦得亮,如你感兴趣,她会免费送你一张手掌大小的纸,上面打印着擦皮鞋的几点妙招。

　　前不久我去了她的擦鞋店,聊起她的创业经历,她说了这样一番值得深思的话:"生活中很多困难都不是我们愿意选择的,可当它真的来临时,我们不应该被它击垮,举手投降。当年,我的姐妹中,有人见自己的名字上了下岗榜,便觉得天昏地暗。其实,下岗并没有那么可怕,打个不恰当的比喻,在黑暗之中,要让别人知道你的存在,唯一的方法是自己要发出光亮。我首先做的,就是把自己脚上的皮鞋擦亮。"

换位思考:

　　"先把自己脚上的皮鞋擦亮。"这就是她的成功之道。她擦亮了皮鞋,也擦亮了人生。她的故事带给你怎样的启迪呢?

成长感悟:

　　想要照亮自己的人生,就请先擦亮自己吧!

观音拜菩萨

　　一天，天下着倾盆大雨。有一个人出门没带雨伞，就跑到一个屋檐下躲雨。天色渐晚，看着大雨丝毫没有停止的迹象，他非常焦急。

　　就在这时，观音菩萨撑着伞从远处走了过来。等菩萨来到面前时，他祈求说："大慈大悲的观音菩萨，带我一段如何？"观音菩萨看了他一眼，说："我在雨中，而你在檐下，檐下无雨，所以你不需要我带。"这人听了，立刻从屋檐下跑出来，站在雨中大声说："大慈大悲的观音菩萨呀，现在我也在雨中了，您该带我了吧？"不料观音菩萨却说："你是在雨中，可我也在雨中。我没被雨淋，是因为有伞；而你被雨淋，是因为无伞。所以不是我保护自己，而是伞在保护我。不要找

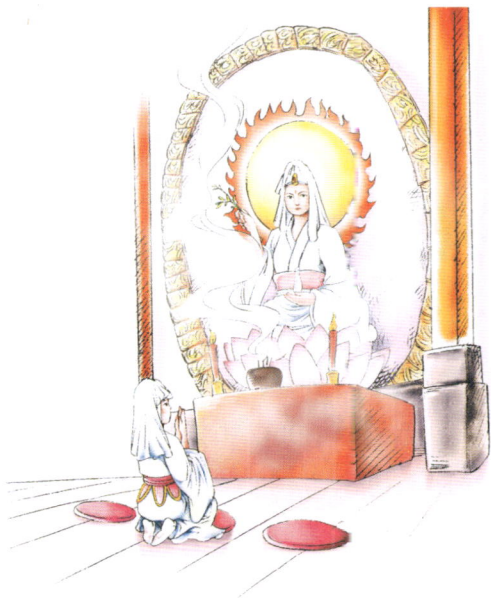

我，请找伞去吧！"说完头也不回地走了。

又一天，这个人又遇到了难事，便去寺庙烧香求观音菩萨，希望能得到菩萨的点化。走进庙里，他发现观音菩萨的塑像前正有一个人在膜拜。仔细一看，那个人居然长得和观音菩萨一模一样，丝毫不差。于是这人就问："请问您是观音菩萨吗？"那人答道："我正是观音。"这人奇怪地说："那您为何还拜自己呢？"观音菩萨笑道："我也遇到了难事，但我知道，求人不如求己。"

换位思考：

如果人人都拥有凡事求自己的那份坚强和自信，也许人人都会成为自己的观音菩萨。试想，每当你遇到困难的时候，是等着别人帮助呢，还是千方百计地自己想办法克服呢？

成长感悟：

求助于能人固然能让困难迎刃而解，但我们总不能凡事都让别人帮忙，很多时候还得靠自己，这不仅是因为大家都有自己的事情要做，关键的是只有自己掌握了解决问题的办法，才不会害怕再次遇到相同的困难。

人生的秘诀

30年前,有一个年轻人打算离开故乡,出门去磨炼磨炼,凭自己的能力闯出一片天地。他所在的家族有一位德高望重的族长,年轻人动身前先去拜访这位族长,希望这位族长能给他即将开始的征程一些指点。

年轻人到族长家里的时候,老族长正在练字。他早就听说本族有个后生,要离开生他养他的故乡,独自踏上人生的旅途,到远处去开拓自己的天地。族长思索了一会儿,提笔写下了三个字——"不要怕"。然后他抬起头来,望着年轻人说:"孩子,人生的秘诀只有六个字,今天先告诉你三个字,供你半生受用。"年轻人疑惑

不解，但他还是怀揣着老族长送的这一半的人生秘诀，开始了旅程。

30年后，这个从前的年轻人已是人到中年，经过多年闯荡，也有了一些成就，当然也添了很多伤心事。归程漫漫，到了家乡，他又去拜访那位族长。他到了族长家，才知道老人家几年前已经去世，家人取出一个密封的信封递给他，说："这是族长生前留给你的，他说有一天你还会再来。"还乡的游子这才想起来，30年前他在这里，族长送给他的人生的一半秘诀。年轻人拆开信封，里面赫然又是三个大字——"不要悔"。

换位思考：

故事中，老族长用三个字"不要怕"来鼓励年轻人大胆朝前闯事业，又用"不要悔"三个字来安慰年轻人不要为曾遇到的伤心事而退缩不前。这六个字，应该是每个有志者成功的秘诀。想一想，你有什么秘诀？

成长感悟：

我们长大后，会离开母亲的怀抱，离开温暖的家，外出工作，独自打拼。当我们决定独立去做某一件事情的时候，也应该勇往直前而不要退缩，这样才有成功的可能。

扑空的怀抱

有一个中国留学生，他以优异的成绩考入了美国的一所著名大学。但由于人生地不熟，思乡心切加上饮食等诸多的不习惯，入学不久他便病倒了。更为严重的是由于带的钱不多，他过得很窘迫，还面临退学。虽然给餐馆打工一小时可以挣几美元，但他嫌累不干。几个月下来他所带的钱所剩无几，学校放假时他准备退学回家。

他年近花甲的父亲去机场接他。当他走下飞机扶梯的时候，立刻看到自己久违的父亲，便兴高采烈地向父亲跑去。父亲脸上堆满了笑容，张开双臂准备拥抱儿子。可就在儿子搂到父亲脖子的那一刹那，这位父亲却突然地向后退了一大步，孩子扑了个空，一个趔趄摔倒在地。他对父亲的举动很是不解。

父亲拉起倒在地上并开始抽泣的孩子严肃地说："孩子，这个世界上没有任何人可以做你的靠山，你如果想在激烈的竞争中立于不败之地，那么你就任何时候都不能丧失那个叫独立的生命支点！"

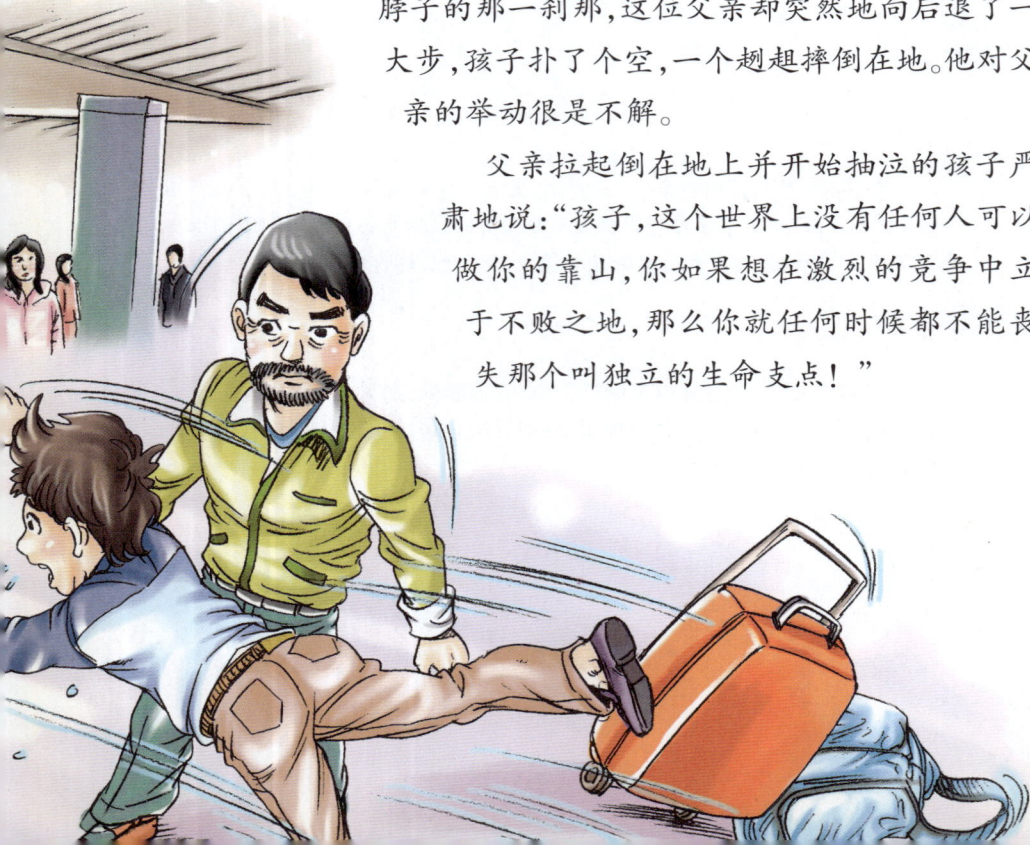

说完，父亲塞给孩子一张返程机票。这个学生没跨进家门就直接登上了返校的航班。返校后他努力学习，不久获得了学院的最高奖学金，并有数篇论文发表在有国际影响的刊物上。

换位思考：

面对身处困境的儿子，父亲的做法显得有些冷酷。但反过来想想，如果当时他牢牢抱住了儿子，那么儿子还能有后来的成就吗？

成长感悟：

不能靠等待来期望收获，没有人可以永远当自己的"靠山"，靠别人不如靠自己，勇敢地站起来，靠自己的努力去收获美好的果实吧。

白白溜走的机会

一天晚上，有个人碰到了神仙。神仙说："你有机会得到很大一笔财富，拥有受人尊敬的社会地位，并娶到一个漂亮的妻子。"这个人听了非常高兴，终其一生都在等待这个奇异的承诺。可什么事也没发生，他穷困地度过了一生，孤独地老死了。

死后，他又看见了那个神仙，他对神仙说："你对我说过的话，让我等了一辈子，却什么也没有。"神仙回答他："我只承诺过要给你机会得到财富、拥有受人尊重的社会地位和娶到漂亮的妻子，可是你却让这些机会从你身边溜走了。"

这个人困惑了，他说："我不明白你的意思。"神仙回答道："你是不是曾经想到一个好点子，可是因为你怕失败而不敢去尝试？"这个人点点头。神仙继续说："这个点子几年以后被另外一个人想到了，他变成

了全国最有钱的人。还有一次发生大地震，好几千人被困在倒塌的房子里，你有机会去拯救那些被困的人，可你怕小偷会趁你不在家的时候偷去你的东西，你就只是守着自己的房子。"这个人不好意思地点点头。神仙说："那是你拯救几百个人的好机会，可以为你赢得尊重和荣誉！"

"还有，"神仙继续说，"你曾经被一个头发乌黑的女子吸引，你从来不曾这么喜欢过一个女人。可是你认为她不可能会喜欢你，你害怕被她拒绝而不敢向她表白，于是，你又失去了她。"这个人又点点头，这次他流下了眼泪。

神仙说："我的朋友啊，就是她！她本来该是你的妻子，你们会有好几个漂亮的小孩，而且跟她在一起，你的人生将会有许许多多的快乐。"

神仙最后说："可是这些宝贵的机会，你一次也没有抓住，你让它们白白地溜走了！"

换位思考：

　　是的，我们身边每天都会有很多机会，可我们经常因为害怕而停止脚步，结果机会就溜走了。明白了这点，我们就应该从现在起抓住机会，把梦想变为现实。

成长感悟：

　　如果自己不抓住机会，那么就很可能被埋没。所以我们要善于创造机会、把握机会。机会对每个人都是一样的。

成功的公式

在一节班会课上，师生正讨论着关于成功的话题。对于这些即将走向社会的中职毕业生来说，他们学历层次低，就业压力大，他们虽然向往成功，但对未来又充满了迷惘。

同学们纷纷表达了他们对成功的理解：有的学生列举了林肯、哈伦德·山德士（肯德基事业的创始人）、野田圣子（从洗厕工到日本的邮政大臣）的事例，总结说成功就是天才加上勤奋；有的学生列举了爱因斯坦、毛泽东的事例，总结说成功就是适时抓住机遇、勇于进取；有的学生列举了

比尔·盖茨、迈克尔·戴尔(戴尔公司创始人)的事例,总结说成功就是善于总结失败的教训;还有的学生列举了爱迪生、诺贝尔的事例……老师正为学生找到这样多优秀事例并已对他们产生影响而高兴的时候,有一位同学的叫声打断了大家的思索:"我知道了,我知道了,自尊加自立加自信加自强就等于成功,这就是成功的公式。"

老师在总结时说:"通过这些事例,同学们可能更深刻地理解了我对大家的一贯要求:认真写字、认真打扫卫生、认真做两操(早操、眼睛保健操)。成功就是自尊、自立、自信、自强,再加上沉静的心态。"说完,老师转身在黑板上写下了两行字:

"成功=自尊+自立+自信+自强"

"静而后能定,定而后能慧。"

这时,教室里响起了热烈的掌声。

换位思考:

自尊+自立+自信-自强=成功!想想看,成功的要素,你都具备吗?

成长感悟:

成功其实离我们并不遥远,成功就存在于我们生活的每一个片段中,我们要善于从生活中发掘,善于从生活中总结。

从底层做起

尤希在底特律时是个铅管匠,他努力了许多年,想发展自己的事业,然而却缺少资金。

为此,三年前他带着老婆、孩子搬到了新奥尔良,希望能有更好的发展机会。然而,第一天他找了八家铅管公司,可是没有人愿意雇佣他,他们告诉他人手已经够了。

第二天尤希坐公共汽车到一条长长的、繁华的大街上去求职,那条街上有好几家快餐店。最后,第五家的经理总算对他有了点兴趣,但经理告诉他,报酬相当低。尤希向经理表示不成问题,他会提供一流的服务。

他工作很努力,结果在几个星期之内就成为那家连锁店的夜间部经理。

九个月后，连锁店的老板将他叫到办公室去，对他说："我要派你到城西一座有90户住户的大厦去当经理助理。"这时尤希才知道老板在房地产方面也搞得有声有色。

然而，尤希告诉老板他只当过铅管匠，对管理大厦一无所知。

老板笑着对他说："我查过你在快餐店的记录，利润增加了55%。管理大厦与管理快餐店的道理是一样的——乐于助人，服务优质高效。我想你一定能让大厦保持客满，准时收到房租，而且保养良好。"

尤希接受了那个工作——工资是他在快餐店时的三倍，并且他还分到了一间漂亮的公寓。

换位思考：

你如果参加工作了，你是愿意像尤希那样脚踏实地从底层做起，还是高不成低不就，不断找工作又不断换工作，非找到一个满意的工作不可？

成长感悟：

独立就意味着要四处碰壁。在我们学会独立的过程中，往往会遇到这样或那样的挫折。学会从小事做起，从底层做起，慢慢积累，才能有所成就。

小熊学抓鱼

在一个晴朗的日子里，熊妈妈带着小熊到河边学习捉鱼的本领。

到了河边，小熊看见清清的河水，忍不住跳到河里，开心地玩了起来。

"小熊，别玩啦。"熊妈妈生气地朝它吼道，"我带你到河边来是要教你捉鱼的本领，你若不好好学习，将来会饿肚子的！"可是小熊一点也不在乎妈妈的话，它继续在水里玩着。

突然，熊妈妈一把抓住小熊，将它从水中拖了出来，说："你这样会把鱼儿吓跑的。"小熊眨眨眼睛，看着妈妈，熊妈妈又说："我要去捉一条大鱼，你就在这里看着吧。"不一会儿，熊妈妈果然捉到一条很肥的大鱼。小熊赶紧凑过去叫道："妈妈，我要吃鱼！我要吃鱼！"可熊妈妈

摆摆手,坚定地说:"不,小熊,你想吃鱼必须得自己去捉。"说完,它把整条大鱼都吃得干干净净,然后便回家去了。

过了一会儿,小熊的肚子饿得咕咕直叫。没办法,它只好走到河边捉鱼。河里许多大鱼在小熊身边游来游去,可它却一条都捉不住。天快黑了,饿着肚子的小熊垂头丧气地回到了家。熊妈妈慈祥地摸着小熊的头,说:"孩子,现在你明白独立的重要性了吧?"

第二天,熊妈妈又带着小熊到河边捉鱼。这次小熊再也不贪玩了,聚精会神地跟着妈妈学习捉鱼的方法。终于,小熊捉到了一条又肥又大的鱼,它兴奋地喊着:"妈妈,我会捉鱼了! 我会捉鱼了!"

换位思考:

熊妈妈为什么坚持要小熊学会捉鱼呢? 你觉得它的做法对吗?

成长感悟:

每个人都应该独立、自强,任何外来的帮助都没有自己的本领可靠。

高难度乐谱

音乐系琴房的一架钢琴上,摆着一份全新的乐谱,一个学生走进练习室。

他拿起乐谱翻着,嘴里喃喃自语:"超高难度……"

那一刻,他感觉自己对弹奏钢琴的信心似乎跌到了谷底,消靡殆尽。已经三个月了!自从跟了这位新的教授之后,不知道为什么,教授总是以这种方式整人。他强打精神,开始用自己的十指奋战。琴音盖住了教室外面教授走来的脚步声。

指导教授是个极有名气的音乐大师。授课的第一天,他就给自己的新学生一份乐谱。"试试看吧!"他说。乐谱的难度颇高,学生弹得生涩僵滞、错误百出。"还不成熟,回去好好练习!"下课时,教授如此叮嘱学生。

学生照着乐谱练习了一个星期,第二周上课时正准备让教授验收,没想到教授又给了他一份难度更高的乐谱:"试试看吧!"教授这样对他说,上星期的乐曲教授提也没提。学生再次挑战更高难度的

技巧。

更难的乐谱在第三周又出现了。这种情形一直持续着,学生每次在课堂上都会收到一份新的乐谱,然后把它带回去练习,下一次上课时,又面临更高难度的乐谱,怎么都追不上进度,一点也没有因为上周的练习而驾轻就熟的感觉。学生感到越来越不安、沮丧和气馁。这次,当教授走进练习室时,学生再也忍不住了,他必须向教授提出这三个月来一直折磨自己的疑问。

教授没有开口,他抽出最早的那份乐谱,交给了学生。"弹奏吧!"他以坚定的目光望着学生。

不可思议的事情发生了,连学生自己都惊讶万分,美妙的音符在他指尖流淌,他居然可以将这首曲子弹奏得如此美妙、精湛!教授又让学生弹奏了第二堂课的乐谱,学生依然呈现出超高水准的表现……演奏结束后,学生怔怔地望着老师,说不出话来。

"如果,我任由你表现最擅长的部分,可能你还在练习最早的那份乐谱,就不会有现在这样的水平。"教授缓缓地说。

换位思考:

如果是学生独自练习,或是任由他表现自己最擅长的音乐部分,恐怕他的演奏水平将一直停留在最初的那份乐谱上,得不到提高。说一说,有没有老师在学习上也这样要求过你呢?

成长感悟:

有的人以为独立就只是张扬自己的个性、自以为是,其实,独立更需要刻苦努力地练好内功。

少年李商隐自食其力

唐宪宗年间，李商隐出生在一个富裕的家庭里。本来他可以衣食无忧，但是天有不测风云，他的父亲在他很小的时候忽然去世了，他不得不搬去和他的叔叔李房相依为命。

一转眼几年过去了，11岁的李商隐拜别叔叔去到了洛阳，想在那里找到适合自己的事情做。可是年少的李商隐，却意外地得了一场病。没办法，他不能做事只能住在客栈里，盘缠仅仅够支付住店的费用，根本没有多余的钱拿去治病。好在客栈的老板是个心地善良的人，他不仅没有把可怜的李商隐赶出去，还主动找到他问："孩子，你现在有力气干活吗？"

李商隐摇摇头，他的病虽已好了，但现在一点力气也没有。

老板见他摇头，又问："那你平时都会做什么呢？有其他手艺吗？"

他没有别的特长，除了会读书写字外，其他什么也不会。老板听完，便给他出了一个主意，说："既然如此，那你就在客栈门前摆个卖文的摊子吧。"就这样，李商隐向客栈老板借了桌椅，在客栈门前做起了卖文的生意。

　　刚开始，并没有人愿意光顾李商隐的摊子。后来，有一个人试着让他代写了一封家书，李商隐字迹工整、文采出众，而且收取的价钱还很便宜，那人感到十分满意，就帮他大力宣传。渐渐地，来找李商隐的人越来越多了，他不仅赚到了生活费，还有了节余，可以一边工作一边读书，生活慢慢地变好了。

换位思考：

　　在生活中，我们都会遇到这样或那样的挫折和困难。当你面对挫折和困难的时候，你会怎么做呢？

成长感悟：

　　卖文的生意带给李商隐的不只是生活有了保障，也让他学会了独立。

自己开门

在一个寒风凛冽的夜晚，一个小女孩不知道因为什么被她的爸爸赶出了家门。爸爸一句话也没有说，只是转身将门关上，并插上了门闩。

门外的街道一片漆黑，冷飕飕的寒风吹在小女孩柔嫩的小脸上，她感到疼极了。就在这时，她忽然想起了以前老人们对她讲起的那些关于黑暗的恐怖故事，邻居家的小狗突然也冲着她大叫了起来，就好

像黑暗中有什么怪物一样，吓得小女孩一下子哭了起来。

以前只要她一哭，奶奶就会出面护着她。可是，这次她哭了很久，奶奶也没有出来，反而屋里传来爸爸严厉的呵斥声："你就只会哭！但今天不管你怎么哭，也不会有人来给你开门。"

听到这些，她停止了哭闹，并使劲地推门。她将门推开了一条小缝，把她的小手伸进去试着拨门闩。她使出全身的力气，伸手够到了门闩，一点一点地挪动着，也不知道过了多久，终于将门打开了。眼前的院子里站着她的奶奶、爸爸、妈妈，还有脸上挂着泪珠的小姑。

当时，她并不知道这是怎么一回事，直到长大以后才明白，那晚并不是奶奶没有听到她的哭声，也不是小姑和妈妈不肯来帮助她，而是爸爸对她们说："让她靠自己！"

这件事情，让小女孩渐渐学会了独立，也让她明白了：别人的帮助只可能是一时的，而不可能是一辈子的。想要回家必须得自己开门。

换位思考：

　　故事中的小女孩为什么会选择自己开门呢？换了是你，你又会怎么做呢？

成长感悟：

　　别人的帮助只可能是一时的，而不可能是一辈子的。想要获得更多，就要学会独立。

1. 乞丐为什么要去做"下等"的工作呢?
2. 李时珍为什么要在大树上搭个草棚观察穿山甲呢?
3. 你的皮鞋擦亮了吗?
4. 法力无边的观音,还有什么事情解决不了呢? 为何还要去跪拜?
5. 身边的许多机会,你都抓住了吗?
6. 父亲为什么要避开儿子的拥抱呢?
7. 你是怎么书写成功的公式的?

　　生活在动物园的狮子，早就丧失了捕猎的本领，一旦放归森林，很快就会被活活饿死。独立就是要自己先站起来，独立就是一切要靠自己，如果什么事情都让别人代劳，过着衣来伸手、饭来张口的日子，迟早都会被这个社会淘汰。

GO

麦子的哲学

上帝有一天心血来潮，来到他所创造的土地上散步。他看到麦子沉甸甸的，感到非常开心。

一位农夫看到上帝，说："仁慈的上帝！这50年来，我没有一天停止过祈祷：不要有暴风雨，不要下冰雹，不要干旱，不要有虫害。可是不论我怎么祈祷，总不能样样如愿。"上帝回答："我创造世界的同时，也创造了风雨，创造了干旱，创造了蝗虫与鸟雀，我创造了不能如你所愿的世界。"农夫突然跪下来，吻着上帝的脚："万能的主呀！您可不可以明年允诺我的请求，只要一年的时间，不要暴风雨，不要下冰雹，不要干旱，不要有虫害？"上帝说："好吧，明年一定如你所愿。"

第二年，这位农夫的田地果然结出许多的麦穗，因为没有任何自然灾害，麦穗比平常多了一倍多，农夫兴奋不已。可等到收获的时候，奇怪的事情发生了，农夫的麦穗竟是瘪瘪的，没有什么籽粒。农夫含着眼泪跪下来，向上帝问道："仁慈的主，这是怎么一回事，您是不是搞错了什么？"上帝说："我没有搞错什

么,因为你的麦子在我的保护下,避开了所有的考验,所以麦子里没有籽粒。对于麦子的生长来说,风雨是必需的,烈日更是必需的,甚至蝗虫也是必需的。"

人也和麦子一样,如果没有经历任何考验,永远在别人的庇护下生活,人就不能成长。

换位思考:

一个人经受某些必要的考验,相信一定能获得一些珍贵的人生积淀。如果你是农夫,你会向上帝祈祷什么?

成长感悟:

如果有人总是患得患失,不肯接受现实的磨砺,甚至逃避生活的考验,那么他就会像那些不经风雨、不历酷热的麦子一样,收获不到胜利的喜悦。

5枚金币

　　有个叫阿巴格的人生活在内蒙古草原上。从小，爸爸就希望他长大后能成为一个独立、坚强、勇敢的男子汉。

　　有一次，年少的阿巴格和他爸爸一同去办事，不料却在草原上迷了路。父子俩走呀走呀，阿巴格又累又怕，眼前是茫茫的草原，他们怎么也找不到路。最后小阿巴格实在走不动了，一屁股坐到地上，任凭爸爸怎么拉，他都不肯站起来。

　　于是爸爸从兜里掏出5枚硬币，把一枚硬币埋在草地里，把其余4枚放在阿巴格的手上，然后说道："人生有5枚金币，童年、少年、青年、中年、老年各有一枚，你现在才用了一枚，就是埋入草地里的那一枚。你不能把5枚都扔在草原上，你要一点一点地用，每一次都要用出不同来，这样才不枉活一世。今天我们一定要走出草原，你将来也一定要走出草原。世界很大，人活着，就要多走

些地方,多看看,不要让你手里的金币还没有用就被扔掉了。"

在爸爸的鼓励下,阿巴格若有所思,自己站了起来,他拍拍屁股,大步走在了爸爸的前面。那天阿巴格和爸爸一道终于走出了草原。

长大后,阿巴格离开了家乡,但他一直牢记爸爸所说的话。在经历了风风雨雨后,阿巴格成了一名优秀的船长。

换位思考:

人生的5枚硬币你用了几枚了呢? 剩下的硬币你想过要怎样来用它吗?

成长感悟:

有失必有得。成功的人善于放弃,善于从损失中看到价值。

自己先站起来

从前,有一个得了麻风病的人,他患病近40年了。

他早就听说有一个有着神奇力量的水池,只要到水池里洗澡,麻风病就会好起来。所以他一直躺在路旁,等着有人把他抬到那个有神奇力量的水池边。

于是他在那儿一躺就是40年。可他等了近40年,居然没有一个人帮他,把他抬到水池去。在这40年中,他自己也没有往水池挪动半步。

有一天,云游的天神恰好路过这里,看到了躺在路旁的这个人。于是天神问他:"先生,你的病是可以医治的,前面不远处有个神奇的水池,能治愈你的病,你要不要试一试?"

麻风病人立即说:"我

都病了40年了,当然希望治好我的病!可怜我在这路旁一躺就是40年。可是人心险恶,他们只顾自己,却没有一个人帮我。"

天神听后,再问他:"先生,你想不想治好你的病?"

他还是立即回答:"想!"

于是天神说:"好,那你现在就站起来,自己走到那水池边去,不要老是找一些理由为自己开脱。"

麻风病人深感羞愧,立即站起来,走向水池,刹那间,那折磨了他近40年的麻风病竟然真的好了!

换位思考:

麻风病人等了40年,也没能等来别人的帮助,最后他还是靠自己摆脱了病魔。但这白白流逝的40年时光,他可以做多少事情啊!可以想象,现在他有多后悔!

成长感悟:

你是不是经常找一大堆借口来为自己的失败开脱?其实,我们不要为失败找借口,应该为成功多寻找可行的方法。只要努力去思考,总能找到成功之路。

一切靠自己

从前有个非常残暴的国王，由于他的妻子被一位外国来的博士拐走了，因此他非常仇恨有知识的人，时间一长，他对知识也恨之入骨。

一天，他颁布了一项命令：收缴全国所有的书籍，谁敢私藏半张纸，一律格杀勿论。

那些从全国各地收缴来的

书籍被集中在首都最大的广场上当众销毁。

熊熊烈焰冲天而起,如山的珍贵书籍葬身火海,人们无比痛心。然而慑于暴君的淫威,他们敢怒不敢言。

大火烧了三天三夜才完全熄灭。一名负责清理灰烬的士兵发现里面有半张纸还没有完全烧毁。

趁大家不注意,他把这半张纸偷偷藏在口袋里。

回到家里他都不敢把它拿出来,直到夜里,他才悄悄到院子里,把那半张纸拿出来。借着朦胧的月光,他仔细看了起来,他看到上面有一行模模糊糊的字。

可惜他不识字,根本不知道这行字是什么意思。

直到那个残暴的国王死后,他才敢拿出来请教别人。

那行字平淡无奇,却让他终身受益。

那行字就是:"一切靠自己。"

换位思考:

士兵在灰烬里发现了这半张纸,虽然许多书籍都被烧毁了,唯有"一切靠自己"意外地生存了下来。

成长感悟:

我们的力量和才能要获得发展,不能依靠他人,而要靠自己。

毒 药

　　史铁生写过一篇小说,名字叫《毒药》。故事发生在一个岛上,主人公因为养鱼事业失败,又遭遇了种种不幸,几近穷途末路,失去了生活的希望。他为自己的无能而痛苦,甚至想自杀。他去找医生,医生给了他两粒毒药。从此以后,他觉得反正随时可以轻而易举地死,所以一时之间缺少了自杀的动力。

　　这两粒毒药成为他不为人知的精神武器,他认为两粒毒药随时随地都可以帮助自己结束生命,所以他一直在等,等待使用毒药的机会的到来。有一次他甚至跳进了深水里,挣扎中他决定拿出他的毒药,但最终还是没有拿出来,他给自己的理由是,毒药也许受潮了。因此,他似乎一直没有机会使用他的毒药。在一次次放弃使用毒药的过程中,主人公也走出了困境。

　　到最后,他发现,医生给他的那两粒药不是毒药。

换位思考：

　　自杀是自私的、可耻的！但主人公的心理却值得我们深思。也许这就是"置之死地而后生"。

成长感悟：

　　命运如同掌纹，弯弯曲曲，掌握在我们自己手中。只要不失去那个叫自立的支点，在困难艰险的条件下我们同样可以写就一个大大的"人"字。

等地震的农夫

　　有一位探险家,一次到了一个很远很远的深山里。

　　在深山中,他看到了一位农夫。这个农夫正坐在树桩上悠闲地抽着烟。

　　在渺无人迹的深山居然碰到了农夫,真是不容易呀!于是,探险家上前去和农夫打招呼:"亲爱的农夫,您好,请问您在这儿干什么呢?"

　　农夫看了他一眼,捏捏手上的烟斗,回答说:"我在等,等待发生一场地震。"

　　探险家非常诧异:"等地震?天哪,我没听错吧?可这是为什么呢?"

　　农夫得意地笑了,他眉飞色舞地

对探险家说道:"你看,我种了很多土豆,现在已经到了收获的季节了,我等地震把土豆从地里翻出来呀。"

"哦,竟有这样的事?"探险家更惊奇了,这简直是一件不可思议的事情。

"有一次我正要砍树,但就在这时,风雨大作,刮倒了许多参天大树,省了我不少的力气。"农夫继续说。

"您真幸运!"探险家不知道要对农夫说什么才好了。

"你可说对了! 你不知道,还有一次暴风雨,闪电把我准备焚烧的干草给点着了呢,省事吧? "

"所以现在……"农夫顿了顿,说,"我在等地震帮我把土豆翻出来。"

探险家看着坐在树桩上抽烟的农夫,感到啼笑皆非。

换位思考:

这个等地震的农夫和那个"守株待兔"的农夫如出一辙,靠"等"来收获成果,简直是痴人说梦。如果你是那位探险家,你应该对农夫说些什么呢?

成长感悟:

其实在生活中,就有不少人在"等",而正是这不知何时才能终了的等待,耗费掉了他们奋发的力量。只有放弃这种思想,靠自己的努力,才能掌握自己的命运。

神父求助

在某个小村落，下了一场非常大的雨，洪水开始淹没全村，一位神父在教堂里祈祷，眼看洪水已经淹到他跪着的膝盖了。

一个救生员驾着舢板来到教堂，跟神父说："神父，赶快上来吧！不然洪水会把你淹死的！"神父说："不！我深信上帝会来救我的，你先去救别人好了。"过了不久，洪水已经淹过神父的胸口了，神父只好勉强站在祭坛上。

这时，又有一个警察开着快艇过来，跟神父说："神父，快上来，不然你真的会被淹死的！"神父说："不，我要守住我的教堂，我相信上帝一定会来救我的。你还

是先去救别人好了。"

又过了一会儿，洪水已经把整个教堂淹没了，神父只好紧紧抓住教堂顶端的十字架。

一架直升机缓缓地飞过来，飞行员丢下了绳梯之后大叫："神父，快上来，这是最后的机会了，我们可不愿意见到你被洪水淹死！"神父还是意志坚定地说："不，我要守住我的教堂！上帝一定会来救我的。你还是先去救别人好了。上帝会与我同在的！"话音刚落，洪水滚滚而来，固执的神父被淹死了。

神父上了天堂，见到上帝后很生气地质问："主啊，我终生奉献自己，战战兢兢地侍奉您，为什么您不肯救我！"上帝说："我怎么不肯救你？第一次，我派了舢板来救你，你不要，我以为你担心舢板危险；第二次，我又派一只快艇去，你还是不要；第三次，我派一架直升机来救你，结果你还是不愿意接受。所以，我以为你急着想要到我的身边来好好陪我。"

换位思考：

神父放弃了这么多救命的机会，却埋怨上帝没有救他。在生活中，有的时候你是不是也有过神父这样的经历呢？

成长感悟：

其实，生命中太多的障碍，皆是由于过度的固执与愚昧无知所造成的。在别人伸出援手之际，别忘了，唯有我们自己也愿意伸出手来，人家才能帮得上忙！

寻找天堂

　　从前有一个人，他有一份很好的工作，可是，他一点都不珍惜，总是念叨："要是人能不工作就好了！不知道有没有一个地方，能够不工作呢？可以让我天天上网玩游戏，并且不愁吃不愁喝。如果真有这样的地方，那么我就是死了也值。"

　　后来，这个人真的死了，天使问他有什么要求，他说："我呀，活着的时候没有玩够，我想到一个不用工作、只有玩的地方，这样我就满足了。"

　　天使微微一笑，说："我知道了，你随我来。"

　　这个人便随天使来到了一个地方。让他非常高兴的是，这真是一个可以不用工作的地方，到处都是好吃的，到处都

是好玩的，无尽的美味佳肴等着他，无穷的奢靡享受等着他，太好了！这个人天天沉迷其中，乐而忘返。

　　时间一天天地过去，终有一天，他玩腻了，觉得总是这样也没意思，于是他又找到天使，说："我还是想找一份工作，不知道我能做些什么？"

　　天使回答他说："这里什么都有，就是没有工作。"

　　"啊？是吗？那我就到地狱里去好了。"这个人脱口而出。

　　天使冷冷地说道："你以为你在什么地方？"

　　这个人这才恍然大悟，这个地方就是地狱啊！

换位思考：

　　你可能会想：平时我学习那么累，还要参加很多的兴趣班，我都恨不得找到一个这样的地方呢。可是要知道，适度的学习和工作本身就是一种调剂，只要劳逸结合，就会让自己快乐起来。

成长感悟：

　　每个人都会遇到工作和休息怎样调剂的问题，重要的是合理分配时间，既不让自己太累了，又让自己很充实。

敲 门

中国有句俗话叫"不耻下问",然而,在职场中,有些国家的人却不会轻易敲别人的门继而"下问"。

比如美国人,他们的想法比较独立,思维活跃。他们更愿意发挥自己的想象力,不会轻易去敲主管的门。因为他们认为,敲了主管的门,主管的话就会成为束缚他们的一个框架,会影响自己的想象力。

而日本人也不愿意轻易敲主管的门,因为他们认为,如果去敲主管的门,就会被主管认为很无能。

在一家外资企业,一位中国主管看见美国调色

师正在调口红的颜色，就走过去随便说了一句："这口红好看吗？"

美国调色师一下子站了起来，说："第一，亲爱的余副总（美国人通常都是叫名字，叫头衔就表示心中不太愉快），这个口红的颜色还没有最终确定，确定以后我会拿给你看，你现在不必那么担心。"

然后，他顿了顿，面无表情地看着中国主管，又说道："第二，亲爱的余副总，我是一个专业的调色师。如果你觉得你调得比较好，下个礼拜开始你可以自己调。"

"第三，亲爱的余副总，"他接着说道，"我这个口红是给女人用的，而你是个男人。如果所有的女人都喜欢，而你不喜欢，那么没有关系，但是，如果你喜欢，而别的女人却不喜欢，那就完了。"

"对不起，对不起……"主管知道自己的问话有些不妥，连声道歉。

换位思考：

调色师的三句话，没给主管留一丝颜面。他说话的底气到底在哪里？假如你就是那位调色师，你是坚持己见，还是不假思索地赞同主管给的建议呢？

成长感悟：

独立思考，能使我们的思维更加活跃，不受各种杂乱意见的干扰，继而发挥出我们的想象力，使我们更有创造力。

丽莎的悲哀（一）

　　纽约市一家新成立的公司要招聘一名女出纳员，工资待遇优厚得让人不敢相信。应聘者每人交纳100美元报名费，然后面试、笔试，经过层层筛选，最后只剩下不到10人。最佳人选将从这10个人中间产生。

　　丽莎过关斩将，成了其中的佼佼者。她观察了一下自己的几名竞争对手，论年龄，论口才，尤其是相貌和风度……她都有很大的优势。

　　谁知进入决赛后，用人单位却没了动静。她猜想，这肯定是骗局，每人100美元，加起来可不是个小数目，丽莎又恨又气，但也没有办法，只好耐着性子继续在原单位上班。

　　这一天，刚发完工资，丽莎闲得无聊，便约了同事丽娜逛商场。返回时，她看见自己的椅子上坐着个陌生男子。

　　丽莎很反感，一

个男人待在女人的办公室里干什么？她冷冷地问："你找谁？"

"先不说找谁。请问二位是在这儿办公吗？"那男子问。见两位姑娘点头，男子又问："你们坐哪把椅子？"

"这跟你有关系吗？"丽莎更反感了，"你找谁？"

男子取出压在茶杯下面的一张百元大钞，钱的一角沾了些碳素墨水，他微微一笑："我等失主呢。刚才在这两把椅子中间拾到这张钱，这是哪位的？"

丽娜拿眼一扫："不是我的。我的钱贴身装着，不可能掉出来，肯定是丽莎的。"

男子把百元大钞放在丽莎面前，说："那就是这位小姐丢的啦。"

丽莎心想：世上怎么会有如此傻的人，捡到钱还在这儿等人认领回去？她故作迟疑地说："是我丢的吗？"

"你不会数一数兜里的钱？"丽娜提醒她。

"哦，我对我的钱没数！"丽莎双手一摊，男子把百元大钞给了丽莎。

换位思考：

这张百元大钞是丽莎的吗？我们都明白肯定不是她的。如果当时是你，你会怎么做呢？

成长感悟：

我们始终要记住一句话："天上不会无缘无故掉馅饼！"

丽莎的悲哀（二）

百元大钞就这样轻轻松松归丽莎了，为了表示礼貌和感谢，她微笑着给男子沏茶，并询问他是来找谁的。

"我是专门来恭候您的呀，丽莎小姐。"男子也报以微笑，"我是您应聘那家企业的职员，奉命来对您进行最后一次测试。"

这真是意外的惊喜！丽莎满面春风："要测试什么马上开始吧。我从来不像别人那样，还需要准备这准备那的。这样突然的考试最公平，能看出真正的水平。"

"说得太对了。"男子说，"可我们的测试已经结束。我十分遗憾地通知小姐，您不够录用条件。"男子起身告辞。

丽莎一下子明白过来，刚才那张百元大钞，是块试金石！她沮丧地掏出那张钱，还给男子："你们这种考试方法带有欺骗性和污辱性，我对

兜里的钱的确没有数。"

"不会的。"男子摇摇头，"您在以前的测试中表现突出，尤其是你的记忆力惊人。您不会不清楚自己兜里有多少钱，何况其误差达百元之多，您更不可能忘记自己有没有过这样一张被严重污染的钞票。按常理，刚才您去购物时，如果这张钞票真是您的，您一定会先把它花出去或者发现它已经丢失。不过，这张钞票依然归小姐您，就当我们退还您的报名费。假如这一位小姐有兴趣的话，不妨去公司一试。"男子转身向丽娜说，"作为出纳员，首要的是对金钱有正确的态度。别的不论，最后这一轮测试，您过关了。"

没想到男子竟是那家公司的副总裁，更没想到的是丽娜后来居然通过了其他的考试，成为了该企业的出纳员。

有一天闲谈，丽娜很为丽莎惋惜："她只差那么一丁点儿。如果她再冷静一点儿……"

"不，应当祝贺她。"副总裁说，"要是她果真当上出纳员，那才是她真正的悲哀。"

换位思考：

　　原来这是对丽莎的一个测试。因为贪小便宜，丽莎与她梦寐以求的工作失之交臂。你有何感想？

成长感悟：

　　天下没有免费的午餐，不靠自己劳动得来的果实一定不会是好的。

生病的大象

在烈日照耀着的热带大草原上，一只大象艰难地行走着，它的步伐有些缓慢，显然是生病了。远在30多公里外的草原深处，有一种植物，据说生病的大象只要吃了后，很快就能痊愈。而这只生病的大象现在正要去寻找这种植物。

一只生病的大象，独自走在危机四伏的大草原上，为何身边没有同伴的陪护呢？没有人知道原因。只见它默默地在大草原上走着，就好像它根本不需要同伴的陪护一样。它的

步伐沉重,头顶上是炎炎烈日,病痛还折磨着它。但它看上去是那样沉着、冷静,一点想要放弃的迹象也没有。偶尔,它的脸上会出现倦怠的表情,但它的内心充满了坚定的意念,一种想要快些吃到那种植物,治愈病痛的意念,一种凭着自己的力量重拾健康的意念,一种对自己的生命不放弃的意念。

生病的大象走完了这段孤独的路程,终于在草原深处找到了那种能够治愈它的植物。它用长长的鼻子,将植物卷起,大把大把地送入口中。几天之后,这只生病的大象恢复了健康,它又可以甩着长长的鼻子,快乐地在大草原上嬉戏了。

换位思考:

大象生病了,可是它没有丧失求生的勇气,也没有选择等待别人的帮助,而是靠自己的力量找到治愈病痛的植物。当你面对这样的情况时,你会像这只大象那样,靠自己来解决问题吗?

成长感悟:

生活中,我们在遇到困难时应该像这只大象那样奋勇自救,这才是生命中最闪亮的品质。

从清洁工到艺术总监

因为想学电脑,初到深圳的韦文军只好到一个装修公司做清洁工,老板还提了个苛刻的条件,马桶也由他刷。

每天早上,他要把公司近700平方米的办公场所,里里外外打扫个遍。从清晨一直干到中午,简单吃一点饭,然后接着打扫厕所。等清洁工作全部做完后,大半天时间也就过去了。余下的时间里,韦文军便坐在别人的电脑旁,看别人操作。等大部分人下班后,韦文军再收拾一遍众人留下来的垃圾。

等忙完了,他匆匆吃过晚饭,趁着夜深人静开始看各种专业书籍,并且上机练习操作。

后来,韦文军觉得自己太缺乏建筑常识,看到总工程师的背影,他一下子有了主意,他决定到总工程师那里去"偷艺"。

韦文军瞄准空子给总工程师端上一杯热茶,总工程师头都没抬一下说道:"你刷完马桶洗手没有啊?"

面对不太友好的总工,韦文军并

没有轻易退却，他细心地发现，这位总工每晚动笔之前必喝一口白酒。于是，韦文军用自己不多的积蓄买来各种名酒，还捎上一些下酒小菜。总工被他打动了，脸上终于露出一丝难得的笑容。此后韦文军被默许坐在他的身边了。

通过不断学习，他终于成了设计师。后来公司接到了一个大单——"东海庄园"别墅群规划，设计费为200万元人民币，由韦文军一个人来完成。这时的韦文军已经很熟练了，上学时他的风景水粉画功底此时也派上了大用场。短短两个月内光3D效果图他就画了37张。客户看了韦文军的图纸后赞不绝口，痛痛快快地将尾款全部划到公司账上。

此后韦文军又被提升为艺术总监，专门负责为3D图纸的艺术效果把关。他的月薪被加到两万，并另有年终提成。

回想起自己一年来艰辛奋斗的历程，韦文军感慨万千。

换位思考：

出门在外打工，一切都只能靠自己。韦文军正是多了一份勤奋与刻苦，改变了自己最初刷马桶的境遇。假如是你，你会任劳任怨地刷马桶吗？

成长感悟：

常说环境造就人才，越是艰苦的环境，越能磨砺人的意志和品质。学会独立，应该从学会适应各种恶劣环境开始。

国王的金手指

古时候，有一个很不容易满足的国王，尽管他拥有无数的土地，也有满屋子的金银财宝，可他仍然觉得不够，成天闷闷不乐。

一天，来了一个金仙子，问他说："国王陛下，您觉得到底要怎么样，才会快乐呢？"

国王想了想，说："我希望有一根金手指，只要我的金手指随便一碰触，什么东西都可以变成金子。只要有了金手指，我的梦想就能实现，那我就会很快乐。"

"真的吗？您真的想要一根金手指吗？您要不要再考虑一下？"金仙子问道。

"不用考虑了!"国王说。

于是，金仙子就把国王的右手的一根手指变成金手指。国王只要随意一指桌子、椅子、盘子、墙壁……凡是他碰触过的东西都变成金的了。

哇！真是太棒了！太高兴了！

国王跑到花园，闻到阵阵花香，顺手摘下一朵花。可是，手一碰到花朵，花朵立

刻变成金花,不再有香味了。

国王感到有些饿了,走到餐厅,可是当他拿起盘中鸡腿时,鸡腿瞬间就变成了金鸡腿。正当他垂头丧气时,他最疼爱的小女儿跑了进来,国王很高兴地抱起可爱的小女儿,可是,刹那间她也变成了不会说话的金娃娃了。

"混账,这是什么金手指,居然把我的女儿都变成金人了。"

国王大吼:"来人呀,去把那个金仙子给我抓回来!"

可是国王再怎么找也找不到金仙子。而他又饥又渴,还失去了心爱的小女儿。国王非常痛苦,金手指、点金术变成了他挥之不去的梦魇。

换位思考:

金手指能够点石成金,让贪婪的国王变得很富有。但金手指也让国王失去了最心爱的女儿,使他变得孤独痛苦。说一说,你想拥有什么样的魔法本领? 你的梦想又是什么?

成长感悟:

任何事物都有其两面性,如果我们只看到了它好的一面,而忽略了坏的一面,难免会犯错。贪婪总是容易让人失去理智,唯有独立自主,靠自己的本领去创造财富,才能让我们过上真正的幸福生活。

互动思考

1. 没有经历风雨的麦子会获得丰收吗?

2. 阿巴格的金币用正确了吗?

3. 麻风病人的病为何拖了足足40年?

4. 天堂之门到底在哪里?

5. 调色师对领导如此"无礼",为什么没被批评?

6. 一个刷马桶的清洁工,是如何成为艺术总监的呢?

7. "点石成金"的魔力真的很有诱惑力吗?